Goosebumps®

Goosebumps®

木偶新娘

Bride of the Living Dummy

R.L. 史坦恩（R.L.STINE）◎著

向小宇◎譯

致台灣讀者

讀者們，請小心……

我是R．L．史坦恩，歡迎到「雞皮疙瘩」的可怕世界裡來。

你是否曾在深夜裡聽到過奇怪的嚎叫？你是否曾在黑暗中聽到腳步聲——卻根本看不到人？你是否見過神祕可怖的陰影，幽幽暗處有眼睛在窺視著你，或者身後有聲音叫你的名字？

如果是這樣，你應該了解那種奇特的發麻的感覺——那種給你一身雞皮疙瘩、被嚇呆的感覺。

在這些書裡，幽靈在閣樓上竊竊低語；膽顫心驚的孩子忽而隱形；稻草人活了，在田野裡走來走去；木偶和布娃娃也有生命，到處嚇人。

當然，這些都是磨礪心志的好玩的嚇人事。我希望你們感到害怕，同時也希望你們大笑。這都是想像出來的故事。當然，最可怕的地方在你們自己心裡。

過個害怕的一天吧！

R L Stine

出版緣起

人生從奇幻冒險開始

城邦媒體集團首席執行長　何飛鵬

我的八到十二歲是在《三劍客》、《基度山恩仇記》、《乞丐王子》中度過的。可是現在的小孩有更新奇的玩具、電玩、漫畫，以及迪士尼樂園等。

八到十二歲，正是孩子從字數極少、以圖畫為主的繪本閱讀，跨越到漸漸以文字閱讀為主的時期。也正是訓練孩子從圖像式思考，轉變成文字思考的重要階段。在這個階段，養成長期的文字閱讀習慣，能培養孩子敘事、分析、推理的邏輯思辨能力，奠定良好的寫作實力與數理學力基礎。

然而，現在的父母擔心，大環境造成了習於圖像、不擅思考、討厭文字的一代。什麼力量能讓孩子重回閱讀的懷抱呢？

全球銷售三億五千萬冊的「雞皮疙瘩」，正是為了滿足此一年齡層的孩子的需求而誕生的！

無論是校園怪奇傳說、墓地探險、鬼屋驚魂，或是與木乃伊、外星人、幽靈、吸血鬼、殭屍、怪物、精靈、傀儡相遇過招，這些孩子們的腦袋裡經常出現的角色或想像，經由作者的生花妙筆，營造出一個個讓孩子們縱橫馳騁的魔幻時空、光怪陸離的神奇異界，經歷各種危急險難，最終卻又能安全地化險為夷。這樣的冒險犯難，無論男孩女孩，無不拍案稱奇、心怡神醉！

本系列作品被譯為三十二種語言版本，並在全球數十個國家出版，創下了出版史上多項的輝煌紀錄，廣受世界各地孩子的喜愛。作者史坦恩表示，這套作品之所以成功，是因為多年的兒童雜誌編輯工作，讓他對兒童心理和兒童閱讀需求有了深刻理解——他知道什麼能逗兒童發笑，什麼能使他們戰慄。

我們誠摯地希望臺灣的孩子也能和世界上其他的孩子一樣，有更豐富多元的閱讀選擇。更希望藉由這套融合驚險恐怖與滑稽幽默於一爐，情節緊湊又緊張的「雞皮疙瘩系列叢書」，重拾八到十二歲孩子的閱讀興趣，從而建立他們的閱讀習慣，擁有一個快樂學習的童年。

現在，我們一起繫好安全帶，放膽體驗前所未有的驚異奇航吧！

專文推薦

戰慄娛人的鬼故事

廖卓成
國立臺北教育大學語文與創作系兒童文學教授

這套書很適合愛看鬼故事的讀者。

文學的趣味不止一端，莞爾會心是趣味，熱鬧誇張是趣味，刺激驚悚也是趣味。有人擔心鬼故事助長迷信，其實古典小說中，也有志怪小說一類，《聊齋誌異》就有不少鬼故事。何況，這套書的作者開宗明義的說：「這都是想像出來的故事」，不必當眞。

既然恐怖電影可以看，看鬼故事似乎也無妨；考試的書讀久了，偶爾調劑一下，對頭腦卻是有益。當然，如果看鬼片會連續失眠，妨害日常生活，那就不宜勉強了。

雋永的文學作品，應該有深刻的內涵；但不少兒童文學作品說教有餘，趣味不足。只要有趣味，而且不是害人爲樂的惡趣，就是好的作品。鮑姆（Baum）在《綠野仙蹤》的序言裡，挑明了他寫書就是爲了娛樂讀者。

倒是內行的讀者，不妨考校一下自己的功力，留意這套書的敘事技巧，由主角「我」來講故事，有甚麼效果？書中衝突的設計與化解，是否意想不到又合情合理？能不能有不同的設計？會不會更好？這是另一種引人入勝之處。

導讀

結局只是另一場驚嚇的開始

耿一偉
臺北藝術節藝術總監
臺北藝術大學戲劇系兼任助理教授

不知道大家還記不記得，小時候玩遊戲，比如捉迷藏等，都會有一個人要當鬼。鬼在這個遊戲中很重要，沒有鬼來捉人，遊戲就不好玩。這些遊戲的關鍵特色，不是人要去消滅鬼，而是要去享受人被鬼追的刺激樂趣。所以當鬼捉到人後，不是遊戲就結束，而是下一個人要去當鬼。於是，當鬼反而是件苦差事，因爲捉人沒有樂趣，恨不得趕快找人來替代。所以遊戲不能沒有鬼，不然這個遊戲就不好玩了。

在史坦恩的「雞皮疙瘩系列」中，這些鬼所扮演的角色也是類似遊戲中的鬼，給我帶來閱讀與想像的刺激。各位讀者如果留意一下，會發現在他的小說中，都有一個類似的現象，就是結局往往不是一個對抗式的終局，一種善惡誓不兩立，以消滅魔鬼爲最終目標的故事——這比較是屬於成人恐怖片的模式，不是你死，就是人類全部變殭屍。但「雞皮疙瘩系列」中，你的雞皮疙瘩起來了，可是結尾的時候，鬼並不是死了，而是類似遊戲一樣，這些鬼換了另一種角色，而且有下一場遊戲又要繼續開始的感覺。

礙於閱讀的樂趣，我無法在此對故事結局說太多，但各位看完小說時，可以再回想我在這裡說的，就知道，「雞皮疙瘩系列」跟遊戲之間，的確有類似性。換另一個角度來看，這些主角大多為青少年，他們在生活中碰到的問題，如搬家面對新環境、男生女生的尷尬期、霸凌、友誼等，都在故事過程一一碰觸。

「雞皮疙瘩系列」令人愛不釋手的原因，也在於表面上好像主角是鬼，但讀到一半，你會感覺到，故事的重點不知不覺地從這些鬼怪轉移到那些被追的青少年身上，鬼可不可怕不是重點，重點是被追的過程中，一些青少年生活中的苦悶，也被突顯放大，甚至在故事中被解決了。所以你會在某種程度感受到，這本書的內容是在講你，在講你的生活，在講你的世界，鬼的出現，只是把這些青春期的事件給激化了。

另一個有趣的現象，是從日常生活轉入魔幻世界的關鍵點，往往發生在父母不在身邊，然後主角闖入不熟識空間的時候——比如《魔血》是主角暫住到姑婆

家、《吸血鬼的鬼氣》是闖入地下室的祕道、《我的新家是鬼屋》是新家的詭異房間……等等。

因爲誤闖這些空間，奇怪的靈異事件開始打斷平凡無趣的日常軌道，一段冒險展開了，一場你追我跑的遊戲開始進行，而父母們往往對此毫無所悉，不知道自己的兒女在故事結束時，已經有所變化，變得更負責任，更勇敢。

「雞皮疙瘩系列」的意義，也在這個地方。在平凡無奇充滿壓力的青春期校園生活中，有那麼多不快樂、有那麼多鬼怪現象在生活中困擾著我們，但這無法跟家長說，因爲他們不能理解，他們看不到我們看到的。但透過閱讀，透過想像力所引發的鬼捉人遊戲，這些不滿被發洩，這些被學校所壓抑的精力被釋放了。

幸好有這些鬼怪的陪伴，日子不再那麼無聊，世界可以靠自己的力量改變。

終究，在青少年的世界裡，鬼怪並不是那麼可怕，在史坦恩的小說中，也往往會有主角最後拯救了這些鬼怪的情形，彷彿他們不是惡鬼，而比較像誤闖人類世界的外星人……這也是青少年的焦慮，他們正準備降臨成人世界，這件事讓他們起了雞皮疙瘩！！

1.

「吉莉安，妳在做什麼？」

從臥房門口傳來妹妹尖細的聲音。我把另一隻死蒼蠅放進玻璃籠中，皮弟伸出尖尖的粉紅色舌頭舔著牠。

我輕聲對皮弟說：「嗯，超多汁的蒼蠅肉，好吃又稀有喔！」

「妳在做什麼？」凱蒂又問了一次。

我轉身向著門口，告訴她：「我在練小提琴。」

凱蒂做了個噁心的表情說：「不，妳才沒有，妳在餵那隻蜥蜴吃東西。」

「哼！」我對她翻了個白眼，接著拿起一隻死蒼蠅說：「要吃點心嗎？好好吃喔。」

「那隻蜥蜴超噁心的。」她抱怨著。

我不為所動地回說：「可是我喜歡牠。」我把手伸進籠子裡，在皮弟平坦的下巴上搔癢癢，那裡的皮膚摸起來就像皮革。

「時間不早了，妳怎麼還沒睡？」我問妹妹。

她打了個呵欠，回說：「我還不累。」

這時，凱蒂的雙胞胎阿曼達也走進房裡。「我也不累，瑪莉艾倫也是。瑪莉艾倫希望我們熬夜到十二點再睡。」

我大聲哀號，咬牙切齒地說：「把瑪莉艾倫帶出去，拜託！」

「瑪莉艾倫想去哪裡就去哪裡。」阿曼達絲毫不讓步。

凱蒂一臉輕蔑地補充說：「瑪莉艾倫不喜歡妳，吉莉安。她討厭妳，也討厭妳的蜥蜴。」

「是嗎，我也討厭瑪莉艾倫！」我大吼：「把她弄出我的房間！」

我知道，我知道！我就跟六歲的妹妹們一樣孩子氣，可是沒辦法，我真的很討厭瑪莉艾倫。

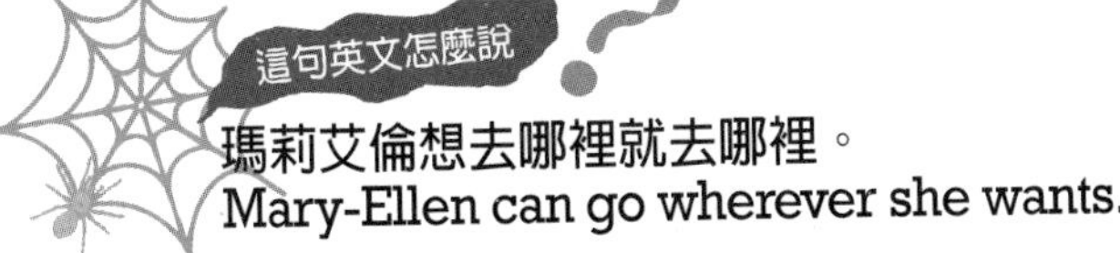

自從老爸把瑪莉艾倫帶回家後，我們辛曼家的日子就越來越難過了。

瑪莉艾倫是個巨大的洋娃娃，幾乎跟我的雙胞胎妹妹一樣高。她有一頭棉線做的毛燥棕色頭髮，心型的紅色嘴唇往上翹成一個討人厭的笑容，玻璃眼珠是奇怪的紫羅蘭色，圓圓的兩頰上還塗了兩個醜陋的血紅色圓圈。

這個洋娃娃眞是太可怕了，可是雙胞胎卻把她當作是另一個妹妹一樣——她們讓她穿上自己的衣服，跟她說話，對著她唱歌，假裝餵她吃東西，而且不管到哪裡都把她帶在身邊。

她們對瑪莉艾倫比對我好。有時候我會在晚上偷偷計劃著，打算對那個噁心的娃娃做什麼可怕的事。

阿曼達把那個大娃娃扛在肩膀上，對我說：「瑪莉艾倫說我們可以待到十二點。」

我把另一隻肥美的蒼蠅塞到皮弟張開的嘴巴裡：「我不認爲爸媽會在乎一個又大又醜的娃娃說了什麼。」

妹妹們轉身就要離開。凱蒂警告我說：「妳會後悔的。妳會後悔對瑪莉艾倫這麼壞。」

「瑪莉艾倫說妳會後悔的。」阿曼達附和道。隨著她走出房間，靠在她肩上的碩大洋娃娃頭一顛一顛的。

我把門甩上後，長長嘆了一口氣。

爲什麼六歲的小孩一定要這麼煩人呢？

我餵完皮弟，接著打電話給幾個朋友聊了一陣子，打算計劃一下週末要怎麼過。

我上床睡覺的時候差不多已經十一點半了。我夢到我的朋友哈里森．柯恩，在夢裡我們兩個都會飛。當我們飛過學校上空時，所有的朋友都大爲驚訝。

一聲尖銳的金屬「喀達」聲打斷了我的美夢。

我從夢中驚醒，瞇著眼睛想在黑暗中看清楚是怎麼回事。

又一聲同樣的金屬「喀達」聲，接著是一陣尖銳的摩擦聲響。

一道銀色的刀光在黑暗中一閃而過。

啊？刀片？

為什麼六歲的小孩一定要這麼煩人呢？
Why do six-year-olds have to be so annoying?

「到底是怎麼一回事？」我心想。

我試著移動身體。太遲了！

刀鋒猛然往下劃向我的喉嚨，我放聲尖叫。

2.

我急忙把兩隻手伸出去，試著抓住那把刀，把它推離我。

突然，我聽到咯咯的笑聲。

夜燈亮了起來。

「啊？」我嚇得叫了出來，眼前卻是妹妹們盈盈的笑臉。

凱蒂的手上握著一把金屬長剪刀，臉上的笑容一閃即逝，她抱怨說：「妳破壞了我們的驚喜！」

「驚喜？」我的心臟在胸腔裡怦怦猛烈跳著，我驚魂未定地大喊：「妳們在這裡做什麼？」

凱蒂回答道：「我們想給妳一個驚喜——我們要幫妳剪頭髮。」

我張開嘴巴，可是一個音都發不出來，實在是被嚇得說不出話了。

「剪頭髮？」我終於艱難地吐出一句。「剪頭髮？」

阿曼達大聲說道：「妳爲什麼要醒過來？事情都被妳搞砸了！」

我大喊：「我……我饒不了妳們！」我氣得邊尖叫邊從凱蒂手上搶過剪刀。

我的兩個妹妹們總是時不時會對我開些惡劣的玩笑，可是從來沒有像這次這麼可惡。「到底是誰教妳們這麼缺德……？」我氣得話都說不完整了。

「瑪莉艾倫說妳該剪頭髮了。」凱蒂拉扯著我的頭髮說道：「是瑪莉艾倫的點子。」

我忿忿不平地推開她的手，咬牙切齒地說道：「滾——出——我——的——房——間！我會報復回來的，我保證，我一定會報復妳們的！」

姊妹倆嘆著氣轉身離開。

我對著她們離開的背影說：「知道我要怎麼做嗎？我會幫瑪莉艾倫剪頭髮。我要把她的頭剪下來！」

「瑪莉艾倫聽到囉。」凱蒂回說。

「妳會後悔的。」阿曼達緊接著說道。

她們溜回走廊底端自己的房間後，我花了好長一段時間才又睡著。

「也許我眞應該把那個洋娃娃的頭剪下來，這樣應該可以讓她好看些。」我對自己這麼說著。

到了星期六中午，我待在自己的房間裡等待哈里森出現。明亮的陽光從開著的窗戶照進來，是個秋高氣爽的好天氣。

「吉莉安，時間到了，該走了！」我聽到阿曼達在走廊上叫我。

「沒錯！該走了！該走了！」凱蒂跟阿曼達開始一搭一唱：「該走了！該走了！」

爲什麼六歲的小孩總是什麼都喜歡拿來唱？

「嘿，饒了我吧！」我用手捂住耳朵。

我對她們的喊叫不理不睬，只是看著鏡子。我有一頭直直的黑髮，圓圓的綠色眼睛。我又高又瘦，是六年級中個子最高的女生。有時候爸爸會叫我「麵條」，

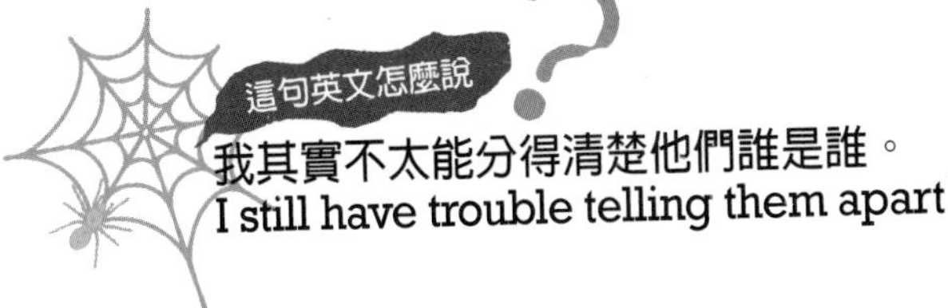

因爲我又瘦又挺拔。

不用想也知道，我有多討厭這種叫法。

雙胞胎妹妹們同樣也是又高又瘦，也都有一頭黑髮——凱蒂喜歡把頭髮綁成馬尾，阿曼達則通常讓頭髮披散在肩膀上。

不過除非她們開口說話，我其實不太能分得清楚她們誰是誰。凱蒂的聲音比較尖細，個性也比較不受控，而且總是神經兮兮的。

阿曼達通常比較溫和、冷靜，也是比較安靜的那個，比較不會冒進、衝動。

除了現在。她們兩個正拉著我往門口走去，一邊嘴巴裡還唱著：「該走了！該走了！」

「去哪裡？」我大聲問。

媽媽捧著一堆乾淨的T恤衝進房裡，她把衣服放在我床上，對著皮弟做了個怪表情。她也不喜歡皮弟。「吉莉安，妳難道忘了要帶妹妹們去李托劇院這件事嗎？」她問道。

「噢，不，我眞的忘了！」我哀號道。

我在好幾個星期前答應了雙胞胎，要帶她們去看星期六午間場的腹語表演秀。

「妳一定要帶我們去。」凱蒂尖聲說道。她很用力地拉扯著我的手臂，我的肩膀都要脫臼了。

「一定要！」阿曼達也異口同聲說道。

「可是我跟哈里森約好了。」我跟媽媽抗議道。哈里森就住在街尾，我曾經在一年級時逼他吃下一整碗泥巴，從那以後我們就變成了好朋友。

那已經是五年前的事了，一直到今天，哈里森都沒有爲了那件事報復我，我覺得他只是在等待一個適當的時機而已。

媽媽瞥了我一眼——她的「少廢話，叫妳做什麼就做什麼」招牌眼神發出命令：「妳既然答應了，就要帶她們去，馬上！」

雙胞胎爆出震耳欲聾的歡呼聲。

媽媽接著說：「帶哈里森一起去，我相信他會喜歡那個表演的。」

是啊，當然啦，就跟喜歡吃泥巴一樣。

我相信他會喜歡那個表演的。
I'm sure he'll enjoy the show.

媽媽嚴厲地看著我說：「吉莉安，妳不是打算要在生日派對上兼差表演來賺錢嗎？」

「沒錯。」我說。

「說不定妳能夠從那個表演裡得到什麼靈感。」媽媽說。

我哀號道：「媽——我是想要當小丑，不是什麼愚蠢的腹語師。」

媽媽傾身靠近我，小聲地說：「妳答應她們了。」

「好吧，好吧，我們走吧。」我說。

雙胞胎再次歡呼起來。

「其實哈里森也喜歡看那種東西。」我接著說道，「他說不定會覺得那個表演很棒。」

「如果哈里森要去，那麼瑪莉艾倫也要一起去。」凱蒂喊道。

「沒錯！」阿曼達附和道，「瑪莉艾倫也想看腹語表演。」

我抗議道：「不行！我才不要帶著那個又大又醜的怪物。」

阿曼達跑過走廊，消失在她跟凱蒂的房間裡。沒過多久，她拖著那個大娃娃

回來。「瑪莉艾倫說，她一定要跟著我們一起去。」

我氣急敗壞地說：「可是……這麼一來，我還要幫她買一張門票才行，因爲她個頭太大，自己就要占一個位子。」

「我會把她抱在我腿上。」凱蒂大聲說。

「不，我來抱她。」阿曼達也很堅持。

「我不要帶著她。」我堅決不退讓。我瞄了一眼壁爐臺上的時鐘，拿起背包說：「把娃娃放下，我們走吧。」

「我也是。」凱蒂用她刺耳的聲音叫著。

阿曼達抱著大娃娃站在原地不動。「除非瑪莉艾倫也去，不然我就不去。」

我嘆了一口氣說：「好吧，好吧。」看來我是贏不了這場爭執。「妳們可以帶著娃娃。」

她們兩個人歡呼起來。她們最喜歡贏過別人了。這兩個被寵壞的臭小孩，幾乎什麼事最後都會順著她們的心意，所以有很多機會練習勝利的歡呼。

突然，從屋子裡傳來震耳欲聾的聲響——刺耳的嗚咽聲。

我不要帶著她。
I'm not taking her.

「怎麼回事？」我大聲問道。

「妳知道的，是妳爸爸。」媽媽回道。

又是一聲刺耳的嗚咽聲，逼得我不得不捂住耳朵。

「他在樓下的工作間。」媽媽嘆了一口氣：「還在製作那張咖啡桌。」

「那張桌子他已經弄了六個月。」我說。

「我相信做好之後一定是張很漂亮的桌子。」媽媽瞄了一眼時鐘：「妳們要遲到了。」

「來吧，妳們兩個。」我說，「我們出發去看表演了。」

凱蒂提醒我：「瑪莉艾倫也要。」

我哀嘆道：「知道了，知道了。」

凱蒂抱著那個大娃娃轉來轉去的，我的臉冷不防被娃娃沉重的塑膠手打了一下。「嘿！」我生氣地大喊。

「是瑪莉艾倫打的，不是我！」凱蒂堅持這麼說，還對我吐舌頭。

哈里森這個時候正好從車道走過來，哈里森是個大個子，真的非常壯碩——

大大的頭、厚實的胸部，還有肌肉雄壯的手臂跟腿。他有一張圓臉、一雙嚴肅的黑眼睛，以及短短的深色頭髮。

「怎麼了？」他問道。

我告訴他：「我們要去看腹語表演，大家一起去。」

「酷！」他說。

我就知道他會喜歡。

我原本以爲，這場表演會無聊得讓我想哭。

我想得沒錯，但是有些事我怎麼也沒料到。

我沒料到，這場表演會毀了我們的生活。

3.

「什麼時候會開始？什麼時候要開始？」雙胞胎在座位上不安分地動來動去，連帶著瑪莉艾倫在凱蒂腿上彈跳著，整個身體往旁邊倒，讓我吃了一口毛茸茸的洋娃娃頭髮。

我們的座位很好，就在第三排的中間。我轉頭四處張望。李托劇院以前是專門放映舊片的電影院，現在主要是作爲兒童戲劇表演的場地。

寬大的舞臺高高聳立在我們前方，紅色布幕已經褪色了。這個老舊的劇院後方本來有兩個包廂，但是現在已經被封了起來。劇院裡的座椅不是破了洞，就是有哪裡壞掉了，但是孩子們似乎毫不介意。

好幾百個小孩把劇院擠得水泄不通。就像凱蒂和阿曼達一樣，他們全都在大

聲尖叫、跳來蹦去的，迫不及待想要表演趕快開始。

在我們身後幾排，有個紅髮小女孩在嚎啕大哭；某個穿鮮黃色毛衣的男孩被母親拖到走道上，她正在用手帕壓住他的鼻子，試圖止住鼻血。

我轉向哈里森對他翻了個白眼說：「哇，眞好玩，對吧？」

他對我笑了笑說：「我認爲腹語術表演很酷。」

哈里森是個怪人，他從來都不抱怨，任何事情他都覺得很酷。有時候我覺得他是從月球來的。

有什麼東西彈到我的脖子上，我猛然轉過身，正好看到雙胞胎正在互相扔爆米花。我對她們說：「妳們是在浪費爆米花。」

凱蒂堅稱道：「瑪莉艾倫想要自己吃一包，請去幫瑪莉艾倫買一包。」

我回說：「不行，妳可以和她分著吃。」

「表演什麼時候開始？我覺得無聊了。」阿曼達發著牢騷。

「瑪莉艾倫也覺得無聊。」凱蒂接著說。

我沒有理會她們，轉向哈里森問：「記得下週六晚上嗎？」

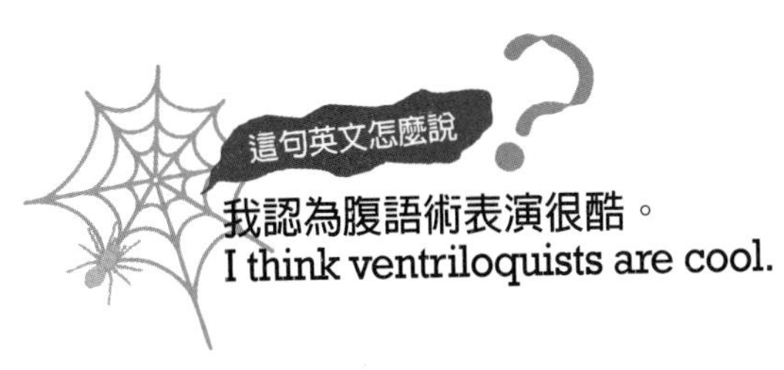

他瞥了我一眼：「嗯？」

「哈囉！」我敲敲他的頭說：「有人在嗎？我們討論了幾百次，關於你要怎麼幫我在生日派對上表演的事，記得嗎？」

「哦，沒錯。」他抓了抓頭上短短的頭髮問：「我們要扮成小丑，對吧？」

「我們必須練習要表演的橋段。」我告訴他，「我想弄得非常有趣。這是我第一份工作，而且亨里太太會付我三十美元。」

「付給『我們』三十美元。」哈里森糾正我。

「爆米花不夠吃了！」凱蒂打斷我們的談話。「瑪莉艾倫想要自己吃一包。去買來，吉莉安。快點！」她把那個大娃娃往我臉上推。

我再也受不了，整個人暴怒起來。

「讓那個醜東西離我遠一點！」我尖叫道，一甩手打了瑪莉艾倫一個耳光，娃娃的頭被打得猛然向後折去。

凱蒂吃了一驚，將娃娃拉回她腿上，她不屑地看著我，還對我吐舌頭。

這個時候擴音器中傳出了音樂聲，接著一個低沉的聲音傳了出來：「男孩和女孩們，女士和先生們！讓我們歡迎，吉米・歐詹姆斯和他的好朋友史賴皮！」

音樂漸漸大聲起來，孩子們都鼓掌、歡呼叫好。腹語師懷裡抱著他的木偶走了出來，站在紅色布幕前方。

吉米・歐詹姆斯坐在舞臺中央的高腳凳上。他很年輕，看起來比我們找來看顧雙胞胎的十幾歲保姆大不了多少。

他的肩膀寬厚，穿著黑色高領毛衣，搭一件黑色褲子。他有一頭棕色短髮，臉上掛著似乎被凍住了的大大笑容，從頭到尾都沒有停止過微笑。

木偶史賴皮的臉上也掛著僵住的微笑，圓圓的藍眼睛迅速地左右滑動，就好像他正在觀察著觀眾。

史賴皮的棕色頭髮直豎在頭上，身上是深灰色的運動夾克、白襯衫，繫著紅色領結，穿著寬鬆的灰色長褲和黑色鞋子——鞋子非常大，而且閃閃發亮。

我看了一眼雙胞胎，她們終於安靜下來，都坐得直挺挺的，正全神貫注盯著舞臺，瑪莉艾倫則好好地坐在凱蒂腿上。

腹語師開口說：「大家好！我希望你們見見我的朋友史賴皮。」

史賴皮的紅色嘴唇上下移動，他問：「我們是朋友？」他有一副刺耳的小男孩聲音。「吉米，我們眞的是朋友嗎？」

「我們當然是朋友。」腹語師回答道，「你和我是最好的朋友，史賴皮。」

「那你願意幫好朋友一個忙嗎？」史賴皮甜甜地問道。

「當然。」吉米回答道，「要幫什麼忙？」

「可以把你的手從我背後拿出來嗎？」史賴皮咆哮著。

觀衆席上的孩子們都大笑，我看到哈里森也笑了。

「恐怕我不能這麼做。」吉米說，「你瞧，你和我是『非常親密』的朋友。」

史賴皮歪著頭說：「非常親密的朋友？有多親？你可以給我一個吻嗎？」

「我想不行。」吉米回答道。

「爲什麼不行呢？」史賴皮用微弱的聲音問道。

「我不想得到一嘴的木屑！」吉米鄭重地說道。

孩子們都笑了，連凱蒂和阿曼達都覺得很好笑。

突然間，史賴皮的聲音變了，他氣沖沖地說：「你不想吻我？好吧，我也不

想吻你。我有一個謎題要考你，吉米。」史賴皮用嘶啞的聲音問：「臭鼬和你的口氣有什麼差別？」

「我……我不知道。」吉米結結巴巴地說。

「我也不知道有什麼差別！」史賴皮吼叫道。

觀衆席上的孩子們大笑，但是我看到吉米臉上的笑容淡去。從我們位在第三排的座位，可以看到他的額頭上出現了汗珠。

他譴責道：「史賴皮，乖一點，你答應過我不會這麼做的。」

「還有另一個謎題要考你，吉米。」木偶粗聲粗氣地說。

「不，拜託，別再出謎語了。」腹語師懇求著，突然顯得憂心忡忡地。我知道這些都是表演的一部分，但是爲什麼吉米．歐詹姆斯要裝作很緊張的樣子？

「你的臉和一盤奶油玉米糊有什麼共同點？」史賴皮問道。

「我……我不喜歡這個謎語。」吉米抗議道。他勉強笑了笑，面向觀衆說：

「嘿，小朋友，告訴史賴皮……」

「你的臉和一盤奶油玉米糊有什麼共同點？」史賴皮粗聲問道。

想聽恭維的話？
Want to hear a compliment?

腹語師嘆了口氣說：「我不知道。什麼共同點？」

「它們看起來都像嘔吐物！」史賴皮尖叫道。

大家都笑了。

吉米．歐詹姆斯也笑了，可是我看到他的額頭上流下了更多的汗。「非常好笑，史賴皮。但是……別再侮辱人了。乖一點……否則我就要幫你找份新工作了。」

史賴皮問：「新工作？什麼新工作？」

「我會幫你找衝撞測試假人的工作。」

「哈哈，記得提醒我要笑一笑。」史賴皮咆哮道，「你就跟胃痙攣一樣有趣。」

「史賴皮……拜託，饒了我吧。」吉米懇求道。

突然，史賴皮又變乖順了，他問：「想聽恭維的話？我可以讚美你嗎？」

腹語師點點頭說：「讚美？可以，這樣比較好。讓我們來聽聽吧。」

「你爛透了！」史賴皮尖聲說道。

吉米看起來很傷心。「這不是恭維。」他說。

「我知道，我騙你的！」史賴皮得意洋洋地說。他把頭往後甩，咧開嘴輕蔑地笑了起來。

凱蒂和阿曼達坐在椅子邊緣，身體靠在面前的座位上大笑，我轉過身，看到哈里森也在笑。

哈里森說：「這傢伙眞的好有趣。那個木偶實在太欠揍了！」

「哦，大概吧。」我回答說。

哈里森說：「你甚至看不到腹語師的嘴唇在動，他眞的很厲害。」

這時，臺上的史賴皮說：「吉米，你應該被印在鈔票上，因爲你的臉整個都綠了，還皺巴巴的！」

雙胞胎笑得太厲害，還邊用手拍打著面前的座位。

「或者，也許你應該被印在一分錢硬幣上！」史賴皮尖叫道。「知道爲什麼嗎？知道嗎？因爲你基本上一文不值！你一無是處，吉米！一文不值！」

汗水從吉米．歐詹姆斯的額頭涔涔落下。他閉著眼睛咬緊牙關，忍耐木偶對他的尖叫謾罵。

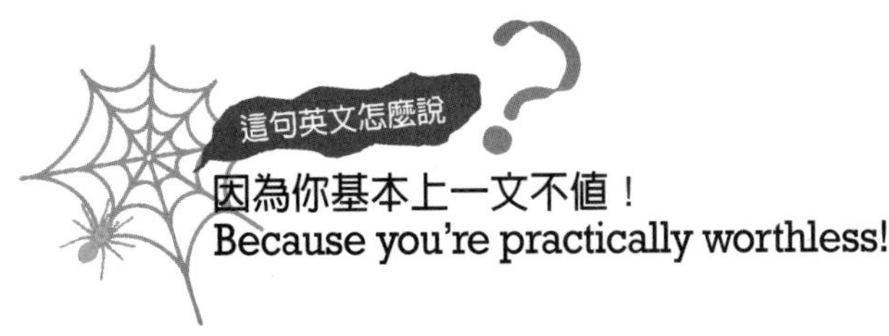

因為你基本上一文不值！
Because you're practically worthless!

我想知道吉米爲什麼看起來這麼不開心，這麼憂心忡忡。爲什麼他看起來這麼害怕？

4.

「不如讓我們停止謾罵，跟小朋友聊聊天好了。」吉米建議木偶。「你會友好地對待小朋友，對嗎？」

史賴皮回答說：「當然，我是個好人。」

腹語師站起來，向著舞臺前方傾身問：「誰想上臺和史賴皮面對面？」

數十隻手猛然舉起。

在我意識到發生了什麼事之前，凱蒂和阿曼達正推擠著朝走道的方向走去，接著她們已經跑上舞臺。凱蒂還拖著瑪莉艾倫一起。

我低聲說：「哦，哇嗚。這應該很有趣……」

「那個娃娃幾乎和妳一樣大！」吉米．歐詹姆斯驚呼道。

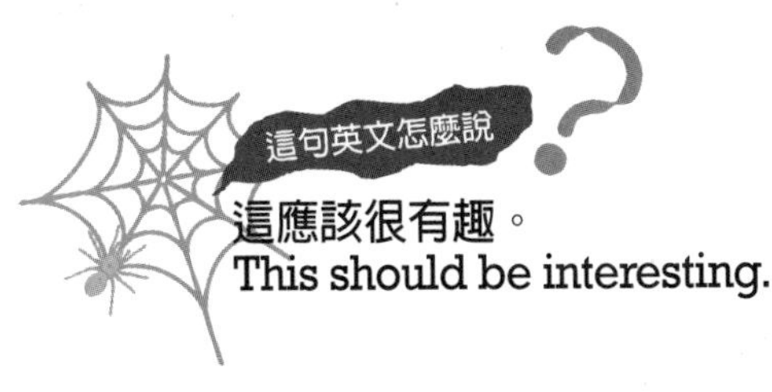

史賴皮對著瑪莉艾倫彎下腰說：「妳實在是……醜得可以！」

觀眾們笑得很開心，但是妹妹們沒有笑。凱蒂正努力地把那個大娃娃撐起來。

史賴皮接著咆哮道：「所以妳們是雙胞胎？妳們怎麼稱呼自己的？討人厭雙胞胎？」

史賴皮仰頭發出高亢的咯咯笑聲。觀眾席上雖然有幾個孩子笑了，但是大部分都認爲這並不好笑。

「我打賭妳們會分享所有的東西，對嗎？」史賴皮對妹妹們說，「今天輪到妳們哪一個用腦子呢？」

史賴皮再次大笑起來。吉米用雙手抓著他搖晃，憤怒地尖叫道：「停下來，史賴皮！不要辱罵小朋友！」

「但是觀眾很愛！」史賴皮宣稱道，「他們喜歡我，他們恨你！」

我向前傾身，心跳加速。凱蒂和阿曼達看起來眞的很不高興。爲什麼腹語師要讓史賴皮對她們說那些惡毒的話呢？

我身旁的哈里森笑得很開心，他很肯定地說：「這傢伙太有趣了！」

我坦白說：「我不認爲這很有趣。」

「女孩們，我覺得妳們很像尼加拉大瀑布。」史賴皮粗聲說道。

凱蒂和阿曼達困惑地互看了一眼。

「史賴皮，你說她們就像尼加拉大瀑布，瀑布？」吉米問道：「你爲什麼這麼說？」

「她們都下流！」史賴皮喊道。

「這樣說很不好！」凱蒂抗議道。

觀眾一片沉默。

「女孩們，我想妳們最好回到自己的座位上。」吉米·歐詹姆斯搖著頭說，「史賴皮今天心情不好。」

女孩們轉過身匆匆走下舞臺，凱蒂還絆倒了，差一點把瑪莉艾倫掉在地上。

「給妳的娃娃戴上防跳蚤項圈！」史賴皮對著她們的身影叫道。

女孩們從層層人群裡擠了回來，撲通坐回位子上。凱蒂氣憤地皺著眉頭，阿

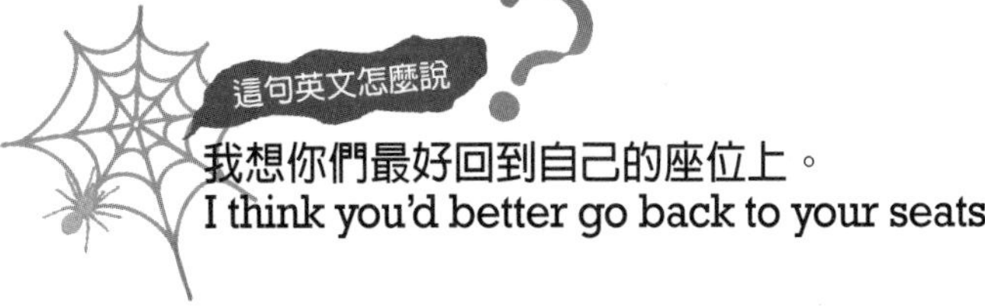

曼達搖晃著腦袋，我看到她整張臉都漲紅了。

凱蒂俯身輕聲對我說：「那樣說實在太惡毒了。」

「他不好玩。」阿曼達馬上接著說。我看到她的眼角有淚珠形成。「我……我覺得很丟臉。」

「我不覺得丟臉，我是生氣。」凱蒂低聲說。

兩顆淚珠從阿曼達臉頰上滾落。凱蒂從來不哭，但是阿曼達不同，她會因爲被嘲弄而哭泣。

「那只是他的表演。」我告訴她們說：「有些人認爲侮辱別人很有趣。如果是我在舞臺上，而史賴皮對我說了那些話，妳們應該會笑得東倒西歪的！」

她們沒有回話，兩個人在座位上安靜坐著，繼續觀看剩下的表演。阿曼達皺著眉頭盯著舞臺，兩隻手臂交叉抱在胸前，凱蒂則緊緊抱住瑪莉艾倫，剩下的表演她們都沒再笑過。

哈里森是唯一喜歡這場演出的人，他告訴我：「當腹語師看起來很有趣，可以對別人說可怕的話，可是大家只會怪罪木偶！」

腹語師用一首歌結束了他的表演——他先唱一句，然後史賴皮接著唱另一句。

「讓我們為吉米．歐詹姆斯和他有趣的朋友史賴皮鼓掌！」有聲音從舞臺下響起。

每個人都鼓掌、歡呼，所有人，除了凱蒂和阿曼達。

我們離開位子向走道走去，凱蒂和阿曼達走在前面。「很遺憾妳們不喜歡這個表演。」我對她們說。

凱蒂正色說道：「我們要去告訴那個腹語師，說他很壞。」

「什麼？」劇院裡實在太吵，我不確定是不是聽錯了。

阿曼達說：「我們要告訴他，他不應該這樣對待小朋友。」

「他一點都不有趣。」凱蒂抱怨道，「我們覺得他應該要道歉。」

「不，等等……」我說。

她們鑽進擁擠的走道。大家都在往出口走，女孩們卻轉向另一個方向，快步朝舞臺走去。

我大喊：「等等！我不認爲這是個好主意！嘿，凱蒂？阿曼達？回來！」

太晚了！

我看到她們拉開舞臺一側的一扇小門，隨即消失在門後。

5.

我突然停下腳步，結果哈里森直接撞上了我。

「噢！」他的個頭太大了，我就像被一頭大象撞到了一樣。

「對不起。」他喃喃道：「妳兩個妹妹去哪兒了？」

我指著舞臺旁邊的門。

「可是大家都要離開了！」他大聲說道。

我告訴他：「她們有話想和腹語師說。」我不得不大聲說話，才能壓過一群孩子的聲音。這時候，兩個小男孩從我面前匆匆走過，邊跑邊互相打鬧著。

我抓住哈里森T恤的袖子說：「來吧，幫我找到她們。」

我把他拉往那扇門，把門打開。我們兩個同時要進去，結果兩個人就這樣卡

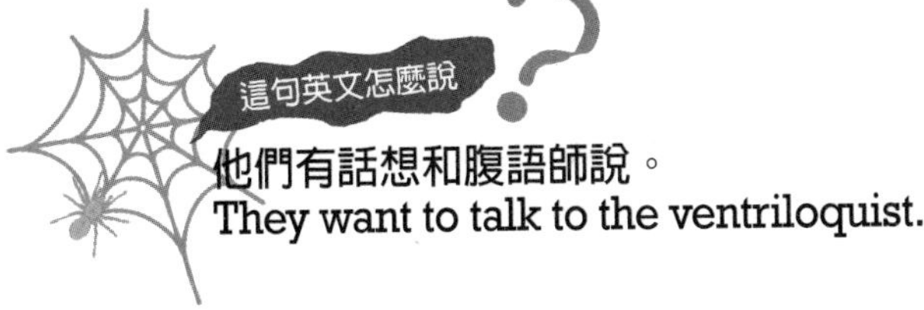

在門口。

「你今天還沒爆笑夠嗎？」我哀嘆道。

他退後一步，先讓我走進去。我們發現自己身處在一條狹長的走廊裡。我瞇著眼睛望向暗處，但是幾乎看不到任何東西。

「真奇怪！」哈里森喃喃道，聲音從水泥牆上反彈回來。「這好像一條隧道。妳確定這是通往後臺的門？」

「我怎麼知道。」我沒好氣地說，「我只知道她們是走這扇門。」

我們開始在通道中前進。我用一隻手摸著牆壁，哈里森緊跟在我身旁。

「她們在哪裡？」我大聲問，聲音在通道裡迴盪著。「她們不可能走遠。」

「嘿，凱蒂？阿曼達？」哈里森呼叫道。我們停下腳步聆聽了一會兒，但是沒有聽到任何回音。

「她們老是這樣對我！」我咬牙切齒地說。「還記得她們在馬戲團失蹤的那件事嗎？我超級擔心的，很害怕她們走失或是受傷什麼的。我到處找了又找，結果她們躲在露天看台那裡，全程都在看著我！」

「凱蒂？阿曼達？」哈里森的聲音在漫長又黑暗的走道上響起。

一片寂靜。

「為什麼這裡沒有燈？」哈里森說，「如果這是通往後臺的門……」

有什麼輕柔又粗糙的東西纏上我的手臂。「啊——！」我放聲尖叫。

哈里森轉過身來大喊：「吉莉安，怎麼了？」

我用力甩手，又用另一隻手把那個東西扯下來。

「是……蜘蛛網！」我好不容易說出話來。「噁，厚得跟床單一樣。」我用力扯下蜘蛛網，低聲哀號：「哦……」我的整個身體又刺又癢。

「這不可能是舞臺的入口。」哈里森喃喃道。

我高聲喊著：「凱蒂？阿曼達？」我告訴哈里森：「她們可能躲起來了。這次我要殺了她們，真的。」

哈里森突然抓住我的手臂說：「低頭，吉莉安！」

我低下頭——從天花板上垂下來更多的蜘蛛網。

通道向右邊彎去，我們走進一團昏暗的光線中，我聽到前方有聲音。

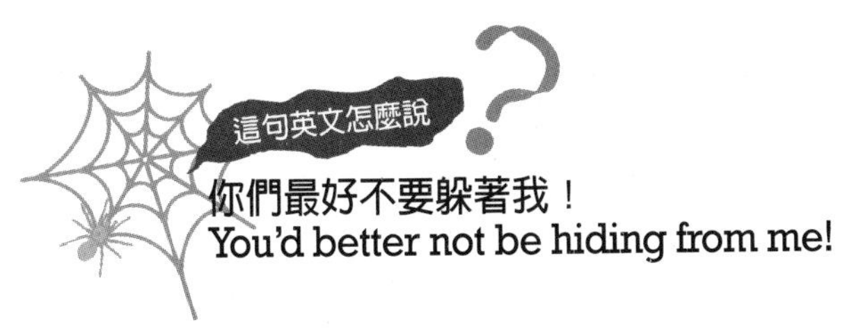

你們最好不要躲著我！
You'd better not be hiding from me!

我喊道：「嘿！凱蒂？阿曼達？妳們在哪兒？」

我聽到女孩的笑聲，但是聽聲音又不像是她們其中任何一個。

「我想更衣室應該是在這裡。」哈里森說。

我們經過一扇標有「舞臺工作人員專用」的門，然後是另一扇標示「道具」字樣的門。

我聽到一個女人喊道：「快點。」然後是兩個男孩的笑聲，他們正在唱著某一首歌。

我們開始小跑步。我知道我們快接近了。

「凱蒂？阿曼達？」我呼喊道，「妳們最好不要躲著我！」

通道分岔成兩個較窄的走道，哈里森和我停下來盯著兩個不同的方向。往右側的走道燈火通明，我起步往那裡走去，但是隨後有聲音從另一個走道傳過來。

「我們分開走。」我指向右邊說：「你走那一條。如果你找到她們，把她們帶到劇院前面，我會去那裡找你們。」

我小跑到左邊的走道裡，耳邊聽到哈里森在呼喊：「勇往直前！」接著就看

不到他的身影了。

我迅速走過印有明星名字的門，心想：「這些一定是更衣室了。」

聽到前方有聲音時，我放慢了速度。

「你答應過我……」一個男人抱怨道。

光線從半開的門縫洩出，我躡手躡腳走過去。

「你不能這樣對我！」男子繼續說道，他聽起來非常生氣又心慌意亂。

「你只會說大話！」另一個聲音回答道。尖細的聲音。是史賴皮的聲音！

我悄悄地走近半開的門，確保自己不會被看見後，向前探出身體往門內窺視。

「你搞砸了一切！」吉米．歐詹姆斯憤怒地喊道。他把史賴皮抱在懷裡，就像在舞臺上表演時那樣。「你真的傷害到我了。我是認真的，你傷害了我。」

「你的長相才傷害了我！」木偶咆哮道。

我心想：「這是怎麼一回事？」我又走近了一點，靠在門口。

他們似乎真的在吵架，但是那是不可能的！

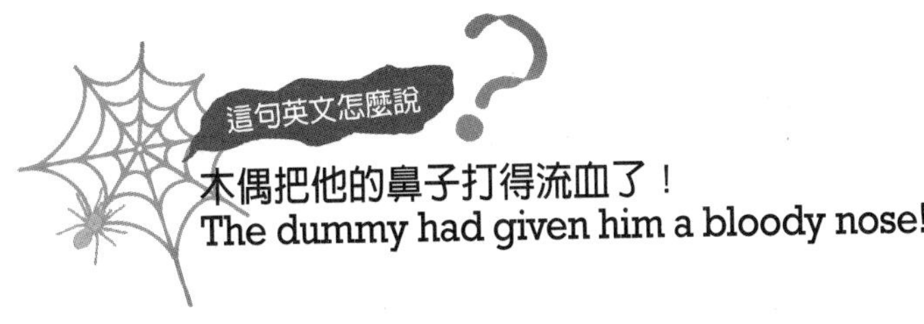

爲什麼腹語師要這麼做？

吉米．歐詹姆斯拿起一瓶水喝了一大口。「我不能讓你這麼做！」他憤憤地說，「我必須制止這件事。就是現在。」

木偶發出一聲低吼，嘟噥著說：「制止這件事！」

令我震驚的是，木偶很用力地揮動他的手臂。

木頭做的拳頭猛地打在腹語師臉上。

吉米．歐詹姆斯搖搖晃晃退後了幾步。他捂著鼻子，鮮血一路流淌到下巴。

什麼？我驚愕地瞠目結舌。木偶把他的鼻子打得流血了！

我心想：「這裡有什麼不對勁。太不對勁了。」

我抬起眼睛，不禁叫了出來。

吉米．歐詹姆斯正盯著門口。

他看見我了。

6.

腹語師睜大了眼睛。

木偶也轉了過來，史賴皮張大嘴巴，然後垂下頭，接著整個身體癱軟了下來。

吉米．歐詹姆斯把史賴皮放在桌子上，然後轉身看著我說：「我沒注意到妳在那裡。」他從桌子上抽起一張面紙擦拭他流血的鼻子，漆黑的眼睛帶著探究的意味看著我。

「他……他打你！」我指著史賴皮結結巴巴地說。

「啊？」腹語師瞥了一眼史賴皮，然後搖了搖頭說：「不，他沒有打我。他從我手上滑下去，然後手撞到我了。就是這樣。」

「但是……但是我看到你們在吵架！」我氣急敗壞地說。

我真的以為你和他吵架了。
I really thought you were fighting with him.

吉米・歐詹姆斯竊笑了起來：「我是在排練，只是練習而已。今晚我和史賴皮還有另一場演出。」他又用面紙擦了擦鼻子。

這實在太令人困惑了。「我很抱歉。」我說，「我以爲……」

「他不過是個木偶。」腹語師表示，「他不是活的。」

我凝視著跌坐在桌子上的史賴皮。舞臺上的他看起來還算可愛，但是現在，我看著他那畫出來的笑容以及冷漠瞪視的目光，雖然面有笑容，他的表情依舊帶著一種近乎殘酷的憤怒。

我告訴吉米・歐詹姆斯：「我眞的以爲你和他吵架了。」

他放下面紙笑了笑說：「我想，這代表我是一名出色的腹語師！」接著他收斂了笑容問：「妳迷路了嗎？」

「哦，不。」我突然想起來我在那裡徘徊的原因。我告訴他：「我兩個妹妹跑走了，她們在找你，你看見她們了嗎？」

他搖了搖頭說：「沒有，完全沒看見。」

「我最好找到她們。」我說，「抱歉打擾你了。」我轉身離開門口。

「沒關係。」腹語師對我說。接著，一聲尖銳又嘶啞的聲音——史賴皮的聲音——重複說道：「沒關係。」

劇院大廳後面的休息室附近有一座噴泉，我在那兒發現了雙胞胎。我氣喘吁吁地衝向她們，大聲質問：「我到處在找妳們！妳們在這裡做什麼？」

「餵瑪莉艾倫喝水。」凱蒂回答道。她和阿曼達把大娃娃抱到噴泉邊上，在她臉上噴水。

「妳們不應該亂跑的。」我責罵道。

「才沒有！我們是用走的！」凱蒂堅稱道，「我們在一條長長的隧道裡迷了路，最後就到了這裡。」

我抓著她們兩人的手臂說：「走吧，我們回家。」

「可是瑪莉艾倫還沒喝完！」阿曼達喊道。

「我們才不要回家。」凱蒂接著說道。

「什麼？妳們是什麼意思？」我問道。

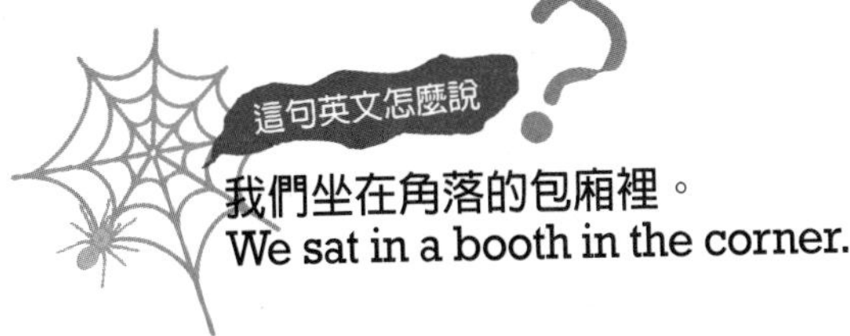

「妳答應過，要帶我們去吃冰淇淋。」凱蒂回答道。她把馬尾辮甩在肩上：「妳答應過的。」

「好吧，好吧。」我喃喃道。大廳裡的燈光並不明亮，幾乎沒什麼人。「妳們有見到哈里森嗎？」我問。

「他正在跟別人講話。」阿曼達說。大娃娃被她甩到肩膀上，整個臉都濕透了。

「他大概是遇到朋友了吧。」我說，「來吧，我們走。」

我把她們帶到轉角的ＤＱ冰淇淋店，點了巧克力香草漩渦甜筒，她們還讓我也幫瑪莉艾倫買了一份。

我們坐在角落的包廂裡。她們假裝餵瑪莉艾倫吃冰淇淋，從頭到尾都在跟瑪莉艾倫說話，一句話也沒對我說。

你們明白我爲什麼討厭這個洋娃娃嗎？自從爸爸從鄰居的院子拍賣會把這個醜東西買回家以來，雙胞胎就完全無視我，而且還用她把我逼得快發瘋了！

「比起香草，瑪莉艾倫更喜歡巧克力。」凱蒂說。

我哀號道：「我們不能說一些別的事嗎？我眞的不在乎瑪莉艾倫喜歡什麼。」

她們根本不理我，繼續假裝給瑪莉艾倫餵更多的冰淇淋。我看了看手錶，一整天就這樣浪費掉了！我有很多功課要做，還想打電話給一些朋友，看看他們今天晚上都在做什麼。

終於，她們吃完了甜筒——沾在臉上的冰淇淋比吃進肚子裡的還多！瑪莉艾倫也好不到哪裡去！我花了一整包餐巾紙才把她們弄乾淨，然後不得不用拖的把她們拖回家，因爲她們一直停下腳步，指著房屋、樹木和汽車給瑪莉艾倫看，花了幾個小時才走了四個街區！

等我們終於到家時，我眞想把那個娃娃拆了。我想把她撕開，再把碎片塞進垃圾桶裡。

女孩們跑去找媽媽，而我很高興能遠離她們。

我剛走進客廳就倒吸了一口氣。

史賴皮就坐在沙發上！

7.

我發出一聲尖叫。

「你……你是怎麼進來的？」我結結巴巴地說。

木偶用那扭曲的笑容和冷漠的雙眼盯著我。

然後他竊笑起來。

一開始是輕柔的笑聲，然後聲音越來越大。

我大口喘息，告訴自己這不是真的。

哈里森突然從沙發後面出現，黑色的眼睛透著歡笑，炯炯有神。他笑得實在太厲害，我都擔心他的臉會裂開來！

「吉莉安，妳真的覺得是木偶在笑嗎？」哈里森高聲問。

「沒有，當然不是！」我撒謊。

「那妳爲什麼跟他說話？」哈里森問。

我走到沙發邊大聲問：「你從哪裡撿到這個東西？他在這裡做什麼？」

「他跟著我回家。」哈里森笑了。

「我是說眞的。」我說。

木偶在沙發上瞪視著我。

靠近一看，可以發現他的額頭上有小小的裂縫，染色的頭髮被削掉了一些，還有紅褐色的碎片剝落。

他的下嘴唇缺了一小塊，運動夾克也褪色了，還少了兩顆鈕扣。

「哦，他眞的好醜。」我說。

「妳也很可愛！」史賴皮回擊道。不，是哈里森假裝的史賴皮。

「夠了。」我厲聲說，「這並不好玩。快說，這個木偶是怎麼來的？」

哈里森趴在沙發扶手上，他撞了一下木偶，把史賴皮撞得倒向一邊。

哈里森說：「我在劇院遇到一群同校的人，他們是舞臺工作人員，在腹語表

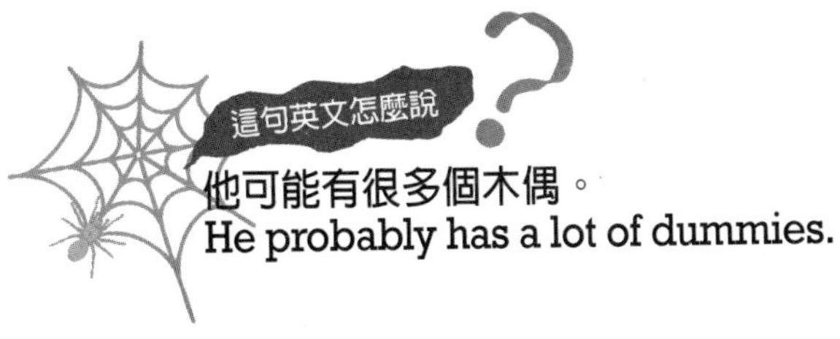

演中幫忙後台的工作。我找不到妳妹妹，所以和他們待在一起。」

「所以……？」我問道，「然後呢？」

哈里森總是可以把兩分鐘就結束的事情講上一整年！

哈里森抬起木偶的閃亮黑鞋，讓他倒躺在沙發上，繼續說道：「我去找妳卻沒找到，以為妳已經離開了。」

「我當時不得不帶她們去吃冰淇淋。」我嘆了口氣。

「所以我和朋友們又聊了一會兒，然後從劇院後門離開。」

他在沙發扶手上調整了一下身體重心：「我打算繞到前門。劇院旁邊有一大堆垃圾桶，第一個垃圾桶的蓋子沒蓋，史賴皮就在那兒，被塞在垃圾桶裡。」

「但是哈里森，那是不可能的！」我喊道，「為什麼吉米．歐詹姆斯要扔掉他的木偶？」

哈里森聳了聳肩：「他可能有很多個木偶。這個看起來很舊了，也許他壞掉了還是怎樣。」

「是喔，可能吧……」我說。

我伸出手去檢查他。

他的嘴巴一口咬在我手上。

「放手！」我尖叫道，「鬆手！哈里森，救救我！他不肯鬆口！」

8.

我用盡力氣要把手抽回來，但是木製的嘴巴緊緊咬著我。

「噢！救救我！」我大叫。

我舉起另一隻手努力拉開木偶的下巴，被困住的手陣陣發疼。

「真不敢相信！」我呻吟道。

哈里森命令我：「別拉！吉莉安，稍微停一下。」

他越過我，用雙手抓住木偶的臉，然後把木偶的嘴巴拉開到足以讓我把手抽回來。

「我說過，他壞掉了。」哈里森說。

我甩了甩手，想要減緩疼痛的感覺，被木偶咬到的地方出現了深紫色的牙痕。

我檢查自己的手，說：「哇，咬得真用力！我有點嚇到了，我甚至沒有碰到他的嘴巴。」我又甩了一下手。

「他一定是壞掉了。」哈里森低頭看著木偶，又重複了一次。木偶茫然地回視哈里森，彩繪的嘴巴現在張得大大的。

「把他弄走！」我大聲說。手背上的皮膚發紅又破皮，並隱隱作痛。「噢，眞痛！你必須把他還給腹語師。」

「不行！」哈里森抗議道。他雙手抓住木偶：「吉米・歐詹姆斯把他扔進垃圾桶，不要他了，所以我要留著他。」

「我們應該先問過吉米・歐詹姆斯能不能留下他。」我堅持道，「也許他是不小心才扔掉他的。」

「我們又不知道吉米住在哪裡。」哈里森回答道。

我把手伸進木偶的夾克口袋裡：「也許他有留下地址或其他什麼東西。」

一張泛黃的紙條從口袋裡飄出來掉在沙發上，我撿起它查看了一下。

「是腹語師的地址嗎？」哈里森問道。

「不是。」我說，「這有點奇怪，像是某種外國文字。」

哈里森瞄了我一眼：「妳看得懂它們嗎？」

我開始念那張小紙條上奇怪的文字：「卡魯、瑪里、歐多那……」

「吉莉安，該吃飯了！」媽媽的聲音從飯廳響起。

我沒來得及讀完那些奇怪的文字。我對哈里森說：「抱歉，我要去吃飯了。」

我把那張紙條塞回史賴皮的夾克口袋裡。

「來呀吉莉安，飯菜要涼了！」媽媽呼喚道。

「來了！」我喊道。

哈里森正在調整史賴皮的領結，我注意到他很小心地讓雙手遠離木偶的嘴巴。

「嘿，我有個點子。」他說。「妳爸爸喜歡修理東西，對吧？如果我把史賴皮留下，妳覺得他有可能把他修好嗎？」

我盯著咧嘴笑的木偶，回答說：「也許吧，我可以問問他。」

「酷！謝啦，吉莉安！」哈里森把史賴皮放在沙發上，就趕緊回家了。

我走進飯廳，不由得發出怒吼：「又來了！」

雙胞胎把瑪莉艾倫放在我旁邊的椅子上，兩個人咯咯地笑著。她們明知道我討厭在晚餐時坐在那個又大又醜的娃娃旁邊。

「那個東西一定要跟我們坐在同一桌嗎？」我問爸媽。

爸爸聳了聳肩，他正忙著試圖從拇指上拔出小木刺。他拒絕在工作室戴上工作手套，所以總是被碎片刺到。

媽媽對我說：「娃娃沒有礙著妳，她又不礙事。」

「瑪莉艾倫才不想坐在妳旁邊！」凱蒂譏笑道，「因爲妳很噁！」

「住嘴，凱蒂！」媽媽責罵道，「難道姊姊今天沒有帶妳們去看表演嗎？妳應該對她好一點。」

「表演也很噁。」阿曼達喃喃道。

「在起司通心粉冷掉之前趕快吃。」媽媽說。我看到瑪莉艾倫自己也有一盤通心粉，爸媽就跟雙胞胎一樣糟糕。爲什麼他們總是屈服於凱蒂和阿曼達的意

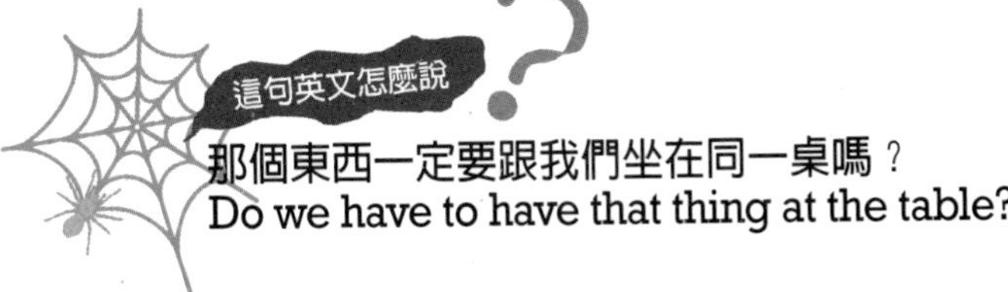

願？

大家開始吃飯後，我問爸爸能不能修好哈里森的木偶。爸爸說，等他完成手邊正在製作的咖啡桌後，再來檢查他。

媽媽詢問雙胞胎有關腹語術的表演，但是她們無視她，只忙著和瑪莉艾倫說話。

當我讓她們把鹽罐遞過來時，她們也一樣不理不睬，繼續和那個玩偶說話。

我嘆了口氣，轉向媽媽：「妳就不能制止她們一直跟那個玩偶說話嗎？我快瘋了！」

「妳也會跟蜥蜴說話！」凱蒂指責道，「妳整天都在跟那隻又大又醜的蜥蜴說話。」

「瑪莉艾倫比蜥蜴好多了！」阿曼達宣稱。

「我只是要妳們幫我拿鹽罐而已！」我尖聲說道。

凱蒂用手摀住耳朵抱怨：「不要大喊大叫的，瑪莉艾倫不喜歡大喊大叫。」

「大喊大叫會傷害瑪莉艾倫的耳朵。」阿曼達補上一句。

「跟瑪莉艾倫道歉，吉莉安。」

「對，跟瑪莉艾倫道歉。」凱蒂堅持。

「啊——！」

我再也受不了。

我發出一聲尖叫，接著抓住瑪莉艾倫的大腦袋，往那盤通心粉裡壓下去。

晚飯後，我把史賴皮帶到我的房間。我坐在書桌前做功課，但是卻無法集中注意力。我感覺到木偶黝黑的眼睛冷冷地瞪著我，而我也一直忍不住瞥見他扭曲的笑容。

最後，我把木偶轉向牆壁。這樣稍微好了一點。我完成了一些功課，打電話給朋友們聊天，然後就上床睡覺了。

可是我無法入睡。我一直在想晚餐時的雙胞胎，以及她們讓我有多生氣。她們用那個娃娃讓我抓狂，然後爸媽因為我發脾氣而吼我。

這公平嗎？我不這麼認為。

是時候進行小小的報復了。
Time for a little revenge.

我決定，報應的時候到了，是時候進行小小的報復了。

有多少個夜晚，我一邊設想絕佳的報復計劃一邊睡著的？

我坐了起來，告訴自己，今天晚上必須做點什麼。我突然想到了個主意，不禁輕笑起來。

凱蒂和阿曼達總是把運動鞋放在前門，方便早晨上學時穿鞋。

我決定偷偷溜到樓下，把她們的鞋帶綁成一個大結。想到這裡，我不由得再次竊笑。我真的很會綁繩子。我打算打很多很多結，多到她們永遠都拆不開，不得不用剪刀剪掉鞋帶！

好吧，我知道這不是史上最聰明的計劃，以她們對我做過的事情來說，這並不算是什麼報復，但是這好歹是個開始。

我站起來撫平睡衣，然後在黑暗中悄悄下樓去執行我的小把戲。

我在下樓途中停住腳步，因爲我聽到一聲輕柔的聲響，是東西刮過地板以及地板發出的吱吱聲。

「會是誰在樓下？」我心裡疑惑著。「媽媽和爸爸還沒睡嗎？」

我把額頭上的頭髮往後撥，緊握著樓梯扶手繼續下樓。

我又一次聽到輕柔的腳步聲，以及客廳地板的吱吱聲。

「是誰？」我壓低聲音問，「誰在下面？」

我瞇著眼睛看向黑暗的客廳。

我看見兩隻眼睛正盯著我，那道視線一動也不動，眨也不眨一下。

「誰在那裡？」我又問了一次，幾乎說不出話來。

沒有回應。

我用手在牆上摸索著，直到找到電燈開關，打開了天花板的燈。

只見史賴皮雙腿交叉坐在扶手椅上，雙手疊放在膝蓋上。

我目瞪口呆地看著他：「啊？」

然後聽見他沒好氣地說：「回去睡覺！」

9.

「不……！」我低聲呻吟，用手捂著嘴巴。

木偶會說話！

我的心臟怦怦地跳，感覺快要昏過去了。

木偶在椅子上冷冷地盯著我。

然後我聽到咯咯的笑聲，扶手椅後面傳來沙沙的聲響。

「我要殺了妳們兩個！」我大喊，聲音還顫抖著。

凱蒂和阿曼達從椅子後面冒出來了，她們邊笑邊互相擊掌。

我翻了個白眼：「哈哈。所以妳們騙倒我了，沒什麼大不了的。」

「我們嚇死妳了！」凱蒂宣稱。

阿曼達隨即補上：「妳真的以爲是木偶在說話！」

「也許我相信了，也許我沒有。」我皺著眉頭。「這麼做很不好，誰想出來的？」

「瑪莉艾倫叫我們嚇嚇妳。」凱蒂回答道。

「妳把瑪莉艾倫的臉壓在通心粉裡，現在她討厭妳了。」阿曼達正色說道。

「是嗎？我也討厭她！」我大喊道，「恨她！恨她！恨她！」

我想我徹底抓狂了，因爲女孩們的笑容消失了。突然，她們看起來嚇壞了。她們很喜歡戲弄我，但是當我大發脾氣的時候，她們就會害怕。

「吉莉安，我們可以跟妳說一件事嗎？」凱蒂小小聲問道。

「這很重要。」阿曼達一臉正經地接著說。

「不！」我喊道，「不行！別再玩把戲了！」

我抓著史賴皮的腰，把他從扶手椅上拉下來。

木偶的大木頭往後仰，眼睛望著我。那雙眼睛突然變得很像眞的，就好像是眞的在看著我。

如此真實，如此冷酷。

扭曲的紅唇對我微笑。

我感覺背上升起一陣寒意。他之前是這麼笑的嗎？

為什麼他的表情突然變得如此邪惡？

「拜託，我們可以跟妳說一件事嗎？」凱蒂用微弱的聲音懇求道。

「不會花很長的時間。」阿曼達說。

「不行。我今天已經受夠妳們的把戲了。」我斥責道，「去睡覺，現在。」

我拖著木偶轉身離開，然後衝上樓去。

「拜託……」阿曼達喊道。

「拜託……」凱蒂也附和著。

可惜，我應該聽聽她們想說什麼的。

10.

星期一，當我在學校食堂時，哈里森跑到我面前問道：「妳爸爸修好史賴皮了嗎？」

「你的下巴上有花生醬。」我告訴他。

他用手擦掉花生醬，然後舔了舔手指。

「好噁。」我抱怨道，「你爲什麼要這麼做？」

他聳了聳肩，跟著我走到一張桌子旁：「我喜歡花生醬。」我放下托盤，哈里森在我旁邊一屁股坐下：「妳爸爸修好木偶了嗎？」

我告訴他：「還沒有，他想先完成他的桌子，然後才會去修木偶。」我嘆了一口氣：「史賴皮已經給我惹麻煩了。」

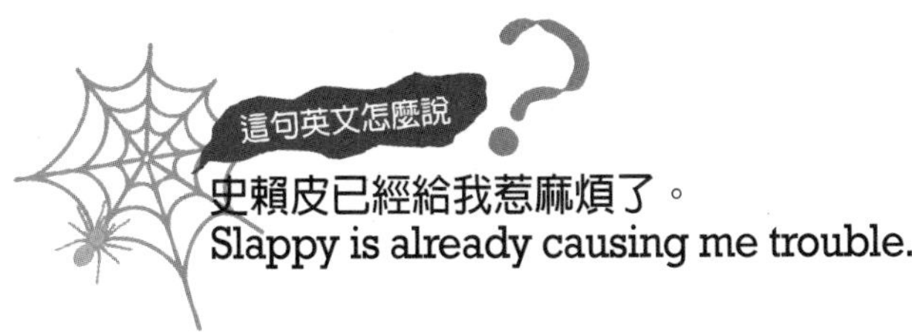

哈里森抓了抓他黑色的頭髮，把我的一塊巧克力餅乾掰碎塞進嘴裡：「什麼樣的麻煩？」

「雙胞胎用他來戲弄我。」我告訴他。

我的托盤上有兩片披薩，哈里森拿起一片開始咀嚼。

「別客氣，請自便啊。」我諷刺地說。

「妳那兩個妹妹很邪惡。」他說，咬下一大塊脆皮邊。

我翻了個白眼：「這還用你說。」

「我一直在想妳的復仇計劃。」他說，眼神熠熠。「妳知道的，我們應該對她們一直帶在身邊的那隻又大又醜的娃娃做些什麼。她叫什麼名字？瑪麗瑪格麗特？」

「瑪莉艾倫。」我說，在哈里森有機會之前，拿走了另一片披薩。

「我們可以把娃娃的頭拆下來。」哈里森繼續說道，用雙手做出扭轉的動作：「用蟲子裝滿她，然後再把頭縫回去。」

「不夠嚴重。」我回答道，「我想把她塗滿起司之後，丟給一大群的老鼠。」

「那太仁慈了！」哈里森笑道，「用水塡充她怎麼樣？或者是剪掉她那一頭爛爛的頭髮，然後告訴雙胞胎她禿頭了？」

「不夠惡毒。」我說。

哈里森吃完了披薩片，問道：「妳午餐就吃這樣？我還沒吃飽。」

我還在想要對瑪莉艾倫做什麼殘酷的事情，但是決定改變話題：「哈里森，你還記得我們放學後要去哪裡嗎？」

他張著嘴：「妳跟我？」

我點點頭：「我們要去魔術店。記得嗎？星期六晚上，我們要去買星期六晚上表演小丑要用的魔術道具。」

他做了個苦瓜臉，用手托著下巴小聲說：「喔，對喔。我們的小丑表演。」

「你答應過的！」我大聲說，「這是我的第一個生日聚會表演，你答應過要幫忙的。」

「我眞的不想扮成小丑。」他抱怨道，「我不覺得我好笑。」

「你很有趣。」我告訴他，「你長得很有趣。」

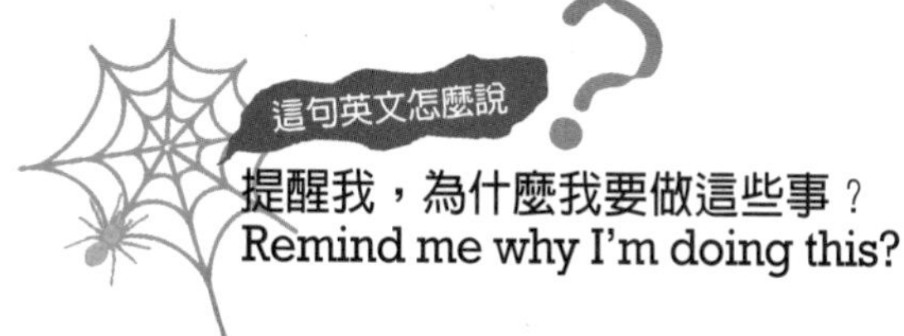

提醒我，為什麼我要做這些事？
Remind me why I'm doing this?

哈里森沒有笑，他悶悶不樂地問：「這是妳要在派對上說的笑話之一嗎？」

「我們必須練習，這樣我們的表演才會有趣。」我說，「我們要去店裡買一堆搞笑道具，小朋友會喜歡的。」

哈里森嘆了口氣：「提醒我，爲什麼我要做這些事？」

「因爲你是我的朋友。」我回答道。

「不，眞正的理由是什麼？」他正色地問道。

「因爲亨里太太付我三十美元，而我會分給你一半。」

「哦，沒錯。」哈里森說，彈了一下手指：「我想起來了。」

我們在放學後騎著腳踏車去了魔術店。那是一家很小的商店，也有賣漫畫書、賀卡和T恤。

哈里森和我把腳踏車停靠在建築物側面的牆上，我們頭上是一個紅黃色的招牌：魔法之地。

厚重的灰色雲層遮住了太陽，當我們正要繞到前門時，一片烏雲從我們頭上飄了過去。

「等等！」哈里森停下腳步蹲下來繫鞋帶。

我剛走過轉角就倒抽了一口氣。是那個腹語師吉米．歐詹姆斯！

他穿著黑色高領衫和黑色牛仔褲，我立刻認出他來。他提著一個魔法之地的購物袋，距離我有兩三家店那麼遠，正在往停車場方向前進。

「嘿——！」我大喊，「嗨！」我瘋狂地向他揮手。

他轉身瞇起眼睛看著我。

「你的木偶在我們這兒！」我高聲喊道，「史賴皮在我們這兒！」

腹語師忽然神色大變。我看到他大張著嘴巴，瞪大了眼睛。「丟掉他！拜託！」他喊道，「趁還來得及之前，擺脫掉他！」

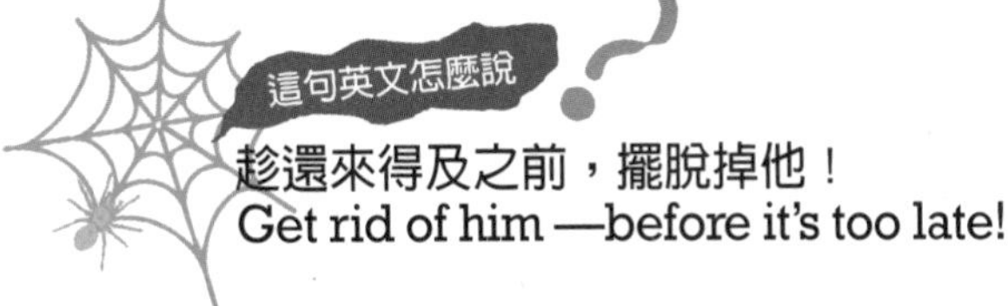

11.

「啊？什麼意思？」我大喊。

「吉莉安？」哈里森從建築物旁邊小跑過來。我轉向他，說道：「是那個腹語師！他在這裡！他……」

哈里森的視線越過我：「哪裡？」

我一回頭，腹語師已經不見蹤影。

「他走了。」我低聲說，搖了搖頭。「我告訴他史賴皮在我們這兒，他卻要我們擺脫他，要我們趁還來得及之前擺脫他。」

哈里森皺著臉：「那是什麼意思？他有什麼毛病啊？」

我聳聳肩：「我怎麼知道。」

「他是個怪人。」哈里森說，「他沒有叫妳把他還回去，對吧？」

我回道：「哦……沒有。」

「好，那我們就留著他。」哈里森拉開商店大門。我們兩個同時要走進去，結果一起卡在了門口。

「真是無處不搞笑。」我喃喃道。

哈里森咧開嘴一笑：「也許我們應該在星期六晚上穿著小丑服裝時這麼做，妳知道的，就是卡在門口。」

「繼續想別的點子。」我告訴他。

除了幾個孩子正在翻閱一疊舊漫畫書之外，這家商店空無一人。

魔術道具都放在店後面，哈里森和我走到放魔術道具的架子邊盯著那些盒子：消失的紙鈔、沒完沒了的手帕、活生生的高帽子。

「這些都是真的魔術師道具。」哈里森說，拿起一個盒子：「這些不是兒童玩具。」

「我知道。」我回答道，「我們不是要專業嗎？我們要讓小朋友們刮目相看。」

「可是，也許這些太難了。」哈里森打了個響指：「妳知道更棒的是什麼嗎？氣球動物。我們可以幫每個小朋友都做一個氣球動物。」

我皺著眉：「我們知道怎麼做氣球動物嗎？」

「哦……不是很清楚。」

「我覺得魔術可能比較容易，再說，氣球動物有點幼稚。」我說。

「那些小朋友幾歲？」哈里森問道。

「四歲。」我回答，拿起一個上面寫著「噴射撲克牌」的盒子。

「這看起來很有趣。」我說，把它拿給哈里森看：「我們可以假裝玩牌，然後互相把牌射到對方臉上。小朋友會喜歡的。」

「這個怎麼樣？」他從架子上拿下一個寫著「真實斷頭台」的盒子：「小朋友把頭放在刀片下面……」

「我覺得不好。」我從底層的架子上拿出一個道具「鮮奶油驚喜」。「這個說不定很不錯。用鮮奶油填滿它後，看起來就像個餡餅，當有人靠近時，擠壓這個泵浦，鮮奶油就會噴到他臉上。」

哈里森笑了：「我們就來弄個全部都是噴射的表演。噴東西總是很有趣。」

「特別是對於四歲的小朋友來說。」我接著道。

我們買了噴射撲克牌和噴射餡餅，還有其他一些道具。看得出來哈里森對於在派對上表演抱持的態度改善很多，他開始對這件事感到興奮了。

我心想：「也許我們會表現不錯。也許這個派對是個好的開始。」

「也許我們會是鎮上最受歡迎的生日派對小丑。」

「也許我們會變成『有錢的』生日派對小丑！」

我把裝滿魔術道具的購物袋綁在車把上，和哈里森兩個人邊騎車回家，邊興奮地討論我們的小丑表演。

我的心情非常好，直到走進房子裡，直到我把購物袋拿進房間。

我走進臥室，發出驚恐的尖叫聲。

裝著魔術道具的袋子從我手中掉下來，盒子在地上彈跳著。

我瞪著史賴皮。

他正趴在放蜥蜴玻璃籠的桌子上。

你把皮弟怎麼了？
What have you done with Petey?

玻璃蓋掉在地板上，裂成了兩半。

史賴皮靠在敞開的籠子上，頭轉向我，嘴巴露出一抹殘忍、嘲諷的笑容。

他的兩隻手都放在籠子裡，就好像正要把手伸向皮弟一樣。

而皮弟……

牠在哪兒？

我的蜥蜴呢？

「你把皮弟怎麼了？」我尖叫道。

12.

木偶倚靠在空蕩蕩的玻璃籠子邊，越過房間對我咧嘴一笑。我四肢著地開始瘋狂尋找我的蜥蜴。

我從房間這一頭爬到另一端，翻看桌子、椅子下面，還有壁櫥裡面。我把床罩拉起來，還在床底下搜索。

「皮弟？皮弟？」

到處都找不到牠的蹤跡。

我站起來轉向臥室門口。我進房間時，門是敞開的。蜥蜴會不會爬到走廊去了？

我衝到走廊到處搜索。

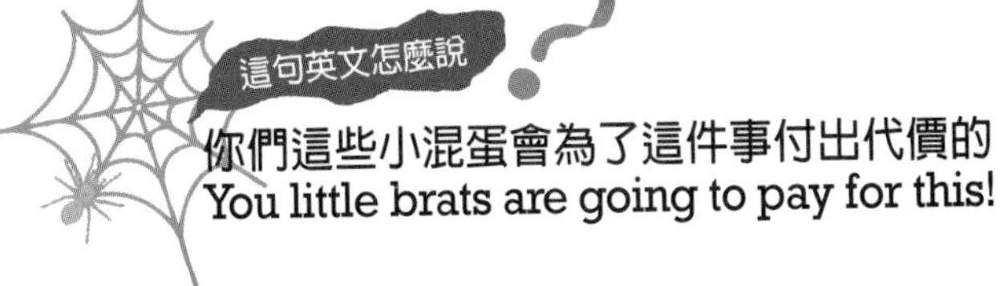

沒看見蜥蜴。

我聽到走廊另一端傳來聲音和音樂，雙胞胎房間裡的電視機是開著的。我用力打開她們的房門，凱蒂和阿曼達正坐在地板上，瑪莉艾倫坐她們中間，她們正在看卡通。

「牠在哪裡？」我尖叫道，「妳們對牠做了什麼？」

她們轉過身來，因爲被我嚇到而發出驚叫聲。

瑪莉艾倫往旁邊倒了下去。

凱蒂跳了起來，問道：「怎麼了？」

「妳很清楚是怎麼一回事！」我尖叫道，「皮弟在哪裡？在哪裡？」

我抓住凱蒂的肩膀開始搖晃她。

「住手！住手！」阿曼達試圖把我拉走。「我們沒碰皮弟！吉莉安，住手！」

「不，就是妳們！」我喊道，「妳們這些小混蛋會爲了這件事付出代價的！」

「發生了什麼事？」爸爸的聲音蓋過電視的噪音傳了過來。爸爸才剛剛下班回到家，還穿著大衣，公文包也還提在手上。「吉莉安，怎麼回事？」

「又是她們的詭計！」我尖聲說道，放開了凱蒂：「這次她們殺死了我的蜥蜴！」

「啊？」爸爸滿臉驚訝。「殺了牠？」

「我們沒有！」凱蒂和阿曼達異口同聲說。

「我們沒有碰她的蜥蜴！」阿曼達堅持道。

「眞的，爸爸！」凱蒂接著道，「她瘋了！噢！她弄痛了我的手臂！」凱蒂揉了揉肩膀，噘著嘴露出不悅的表情。

「更糟的我都做得出來！」我威脅道，「你來看看，爸爸。」

我把爸爸拖到我的房間裡，給他看史賴皮和敞開的空籠子。女孩們跑著進來，一臉毫不知情的樣子。

「我到處找皮弟。」我告訴爸爸，「我們必須找到牠！沒有食物或水，牠活不了多久的。」

爸爸傷心地搖搖頭，把公文包放在我的床上，轉過去對雙胞胎說：「這次妳們眞的做得太過分了。」

「可是我們什麼都沒做！」凱蒂抗議道。

「我們沒有！我們沒有！我們沒有！」阿曼達連聲說道。

「總之，不會是木偶做的。」爸爸嚴厲地對她們說：「我不想再聽到謊話，女孩們。在這個家裡我們只說實話。我是認真的。」

爸爸轉向我：「皮弟一定是在家裡的某個地方，吉莉安。牠行動緩慢，不可能走得太遠。我們大家一起找，我們會在牠餓死之前找到牠的。」

「可是，萬一牠爬進散熱器或其他東西怎麼辦？」我哭著說，「如果我們找不到牠，怎麼辦？」

在爸爸能回答之前，媽媽突然衝進了房間。「發生什麼事情吵吵鬧鬧的？」她問道。當她看到史賴皮靠在敞開的籠子邊上時，一時之間張著嘴說不出話來。

「我們什麼都沒有做！」凱蒂在媽媽有機會指責她之前尖聲說。

「我們沒有！」阿曼達堅持道。

「蜥蜴還好嗎？」媽媽問道。

「不知道，牠不見了！」我哭著說。

媽媽對著雙胞胎搖了搖頭：「這次妳們做了非常糟糕的事，女孩們。」

「爲什麼沒有人相信我們？」凱蒂尖叫道。

爸爸把雙手放在雙胞胎的肩膀上：「別再說了，我們可以稍後再討論這件事。現在，每個人各自負責不同的房間，開始找。」

凱蒂雙手抱在胸前噘著嘴，神色嚴肅地說：「除非你說你相信阿曼達和我，要不然我才不找。」

「不！」爸爸厲聲說：「我們不相信妳，凱蒂。木偶可沒辦法自己爬上桌子，而且……而且，哦，不——！」

我們都看到了。

我們都看到史賴皮動了。

我們看到他的頭向後仰，然後我們看到他張大了嘴巴。

我們五個人都僵住了，在驚嚇中只見木偶自己動了起來。

13.

「哇嗚！」我抓住爸爸的手臂，雙胞胎發出了驚恐的哭聲。

史賴皮的頭歪向一邊，嘴巴張得大大的，皮弟就從木偶的雙唇之間冒出頭來。

「啊？」我倒抽了一口氣，放開爸爸的手臂跑了過去。

蜥蜴伸出兩隻前腳爬在史賴皮的下巴上，牠左右擺動著頭部，好像在房間裡四處看來看去似的。

「皮弟，你是怎麼跑進去的？」我大聲說。

我把蜥蜴身體的其他部分輕輕從木偶裡拉出來。史賴皮重重地從桌子上摔下來，落在我腳邊的地板上。我把皮弟溫柔地抱在手裡，然後轉向爸媽。

「牠沒事。」我說。

我爸媽仍然處在震驚中。最後媽媽張開嘴，呼出長長的一口氣聲。「呼——很高興結束了。」

爸爸笑了，抓了抓他的光頭大聲說：「我還眞的以爲這個木偶會動！眞是嚇死人了！」

雙胞胎擠在我的床邊。「不是我們做的。」阿曼達輕聲說道，「眞的，吉莉安。」

「當然是妳們做的。」媽媽怒斥說。她雙手叉腰，憤怒地瞪著她們：「這個房子裡沒有其他人。不是我做的，也不是妳爸爸做的，剩下誰呢？」

「可是……可是……」女孩們結結巴巴說不出話來。

「可是我們不會想殺死一隻活的動物！」凱蒂哽咽地說。

媽媽搖了搖頭：「這實在太可怕了，已經不是開玩笑了。我要妳們兩個去把瑪莉艾倫拿來。」媽媽下令：「把娃娃放進妳們的衣櫃裡。」

「可是，媽媽……」凱蒂試圖說些什麼。

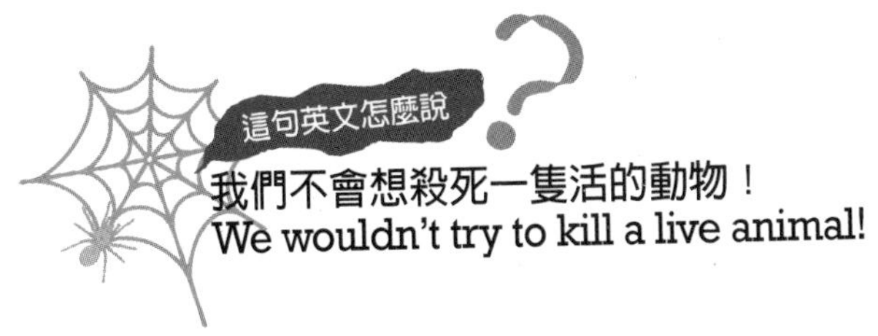

「把娃娃放進衣櫃裡。」媽媽嚴厲地重複道，「在妳們老實交代做了什麼好事還有跟吉莉安道歉之前，都不准把瑪莉艾倫拿出來。」

「可是瑪莉艾倫不會喜歡待在壁櫥裡的！」凱蒂抗議道。

「我們不能把她丟一邊去。」阿曼達堅持道，「我們不能！」

媽媽的回應就只是盯著她，然後媽媽轉向我：「吉莉安，去把瑪莉艾倫放進衣櫃裡。現在就去。」

女孩們還在抗議。

我小心翼翼地把皮弟放進玻璃籠裡。牠看起來似乎很好，我猜想牠大概很享受這次刺激的冒險。

籠子的蓋子破裂了，不過還是能蓋回去，我確保蓋子確實蓋緊後，走進雙胞胎的房間。

瑪莉艾倫正坐在電視機前的地板上。我把那個大娃娃扛在肩膀上，然後走向衣櫃。

「不！拜託！」凱蒂和阿曼達衝到我面前：「拜託不要把她放進那裡面！」

「媽媽說了。」我平靜地說。我把娃娃塞到女孩們搆不到的頂層架子上，然後關上衣櫃門。「如果想把她要回來，妳們就要說實話。」我指示她們。

我快步回到自己的房間，關上門。皮弟在籠子裡四處走動。一切恢復正常。

我搖了搖頭，想著凱蒂和阿曼達。她們總是捉弄我，她們絕對都有殘忍的一面。

半夜偷剪我的頭髮已經夠壞了，這次的事情更糟糕。

「復仇」這個詞突然出現在我腦海中。我一直計劃要報仇很久了，我要讓她們爲所有做過的殘酷惡作劇付出代價。

現在是時候了。但是我應該怎麼做呢？怎樣才是完美的復仇？

我試著想像她們偷偷潛入我的房間，從籠子裡偷出皮弟，把史賴皮撐在籠子上，再把蜥蜴塞進木偶嘴裡。

實在難以置信……

然後另一個影像在我心裡閃現。

我想像自己站在李托劇院黑漆漆的大廳裡，在吉米·歐詹姆斯的更衣室外面，

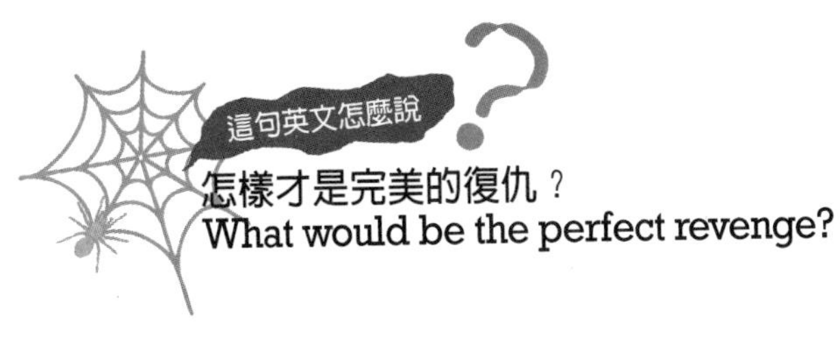

看著腹語師與木偶爭吵。

再一次，我想像史賴皮擺動他的手臂，用拳頭猛擊腹語師的鼻子。

我對自己說：「不可能。那不是眞的。」我凝視著史賴皮，他仍然趴在房間的地板上，黑色的眼睛茫然地盯著我。

我感到一陣寒意。

「我要把你也放一邊去。」我對著他說。

我彎下腰撿起木偶，再一次，他的下顎緊緊咬住我的手。

「噢！」我發出一聲吶喊，努力要把手抽開。

我告訴自己：「他沒有咬我，是下顎卡住了，就只是卡住了而已……」

14.

我穿著寬鬆的圓點小丑裝，拍著膝蓋大笑：「你看起來眞棒！」

哈里森銜著我發牢騷。他抓了抓假禿頭上的那撮紅頭髮，臉上除了畫成紅色的嘴巴之外，全都是白色的，而那張大嘴巴從一個塑膠假耳朵裂開到另一個塑膠假耳朵，就連眼睛周圍也畫著一個大大的紅色圓圈。

「我永遠都不會原諒妳的，吉莉安。」他說，脖子上的藍色褶領在走動的時候上下彈跳擺動：「希望我們不會遇到任何認識的人。」

我們拖著表演道具，沿著亨里家的礫石車道前行。我扮成一個快樂的小丑，哈里森扮的則是悲傷的小丑。媽媽和爸爸爲了我們的表演服裝還忙了好幾天。

爸爸還想要製作出會從我們身旁邊彈出的機械手臂，但是媽媽說服他，在表

演服裝下面裝那麼重的機械，會讓我們根本無法動彈。

我們走到前門時，就聽到孩子們在屋內大喊大叫，我開始緊張起來。

我伸出手按門鈴，對哈里森低聲說：「希望他們會喜歡我們。」

哈里森拿出爸爸給他的空氣喇叭說：「如果他們不喜歡，我就給他們來幾下這個！」

那個喇叭響亮得可以把飛機從天上轟下來！眞不知道爸爸爲什麼認爲我們會需要這個東西。

我再按了一次門鈴，然後又按了一次。

孩子們在裡面吵吵嚷嚷的，根本沒有人聽得到門鈴聲。

「這個應該能夠吸引他們的注意。」哈里森說。他按下空氣喇叭上的扳機，突然發出的聲響幾乎把我從門前的台階上轟下來。

前門打開了。亨里太太對我們笑了笑，宣布道：「小丑們已經到了！」

亨里太太是個圓臉的女人，性格開朗。她的白金色頭髮盤在頭頂上，不過有幾撮垂在額頭上。她擦了擦下巴上的汗水。

她嘆了口氣說：「四歲大的孩子。我希望你們兩個能讓他們安靜下來。他們已經玩瘋了！」

亨里太太帶領我們進到客廳。我看到好幾對父母圍聚在偏廳。

哈里森和我停在入口的地方，盯著大約二十個小孩在房間裡跑來跑去，他們跳到沙發上，往牆壁跑去又跑回來，用禮物的包裝紙捲互相打來打去，還互相扔絨毛玩具。

亨里太太把手圈攏在嘴邊大喊：「小丑來了！所有人都坐下來看小丑表演。」

雖然花了很久的時間，但是我們終於讓他們都坐在地板上，只有幾個還在互相打來打去，還有兩個男孩在沙發上扭成一團，不過，至少足夠安靜讓我們可以開始表演。

「我是嬉皮，他是沙皮！」我宣布，「我們會讓你哈哈大笑！首先，讓我們先鞠個躬！」

哈里森和我深深地一鞠躬，結果頭撞在一起，就像我們之前練習的那樣。

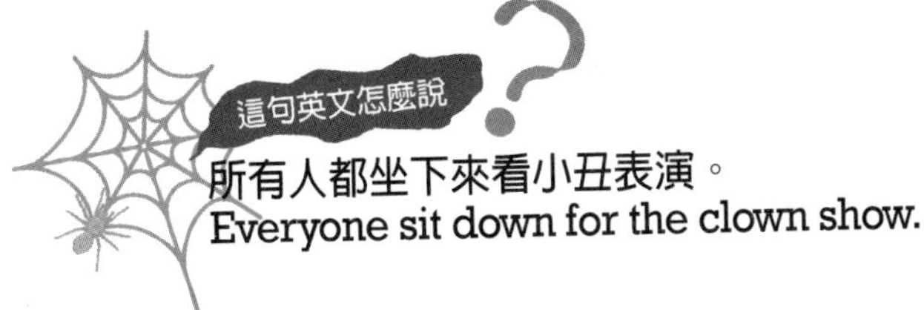

我等著孩子們發笑，但是他們沒笑。

哈里森和我又再次把頭撞在一起，以防他們錯過了之前那次。這一次，哈里森鞠躬的動作太快，我們是眞的撞到頭了！

孩子們默默地盯著我們，一個紅髮小女孩問：「我們什麼時候吃蛋糕？」

「噓，看表演！」亨里太太指示說。

「今天是我的生日！我想要蛋糕！」紅髮女孩尖叫道。

「沙皮和我要講有趣的敲門笑話給你們聽。」我說。

我敲了哈里森的白色禿頭，喊道：「叩叩叩！」

我以爲小朋友看到我敲他的頭時會哈哈笑，可是他們只是默默地盯著我們。

「叩叩叩！」我又重複敲了敲。

「誰呀？」他問道。

「快點！」

「那個快點？」

「快點去開門！」

一片安靜……冷場的安靜。

有幾個孩子開始竊竊私語，坐在沙發附近的兩個女孩推來推去。

哈里森低聲說：「他們年紀太小，聽不懂玩笑的梗。」他指著那個袋子說：「我們來用道具吧。」

「好，好主意。」我拿出噴射撲克牌，深信這個把戲可以讓他們發笑。

哈里森和我練習了好久噴射撲克牌遊戲。每次我們挑出一張牌之後，就會往對方的臉上噴水。

「他們一定會愛死這個的。」我低聲說。

「我們來玩牌吧，沙皮！」我大聲宣布。「小朋友們，你們喜歡玩牌嗎？」

「不喜歡！」生日女孩回答道。有幾個孩子笑了，這是我們整個下午以來，第一次聽到笑聲。

「讓我來切牌吧！」哈里森說著拿出一把巨大的屠刀。

「把刀扔掉！」亨里太太尖叫道。

坐在壁爐旁的一個小男孩開始哭了起來。

「抱歉，只是個玩笑。」哈里森噝了一下口水，把刀子塞進袋子裡。

「你是一個非常糟糕的紙牌選手，沙皮。」我發了一張牌給他。「說到撲克牌，你們都要被淋濕了！」

我擠壓隱藏在小丑服口袋裡的泵浦。卡片沒有噴出水來。我又壓了一次。沒有水……什麼都沒有。

「好吧，這張是給妳的牌！」哈里森喊道。他把卡片往我臉上推，我可以看到他按壓藏在衣服下面的泵浦。

但卡片依舊沒有噴水。

孩子們開始躁動。有兩個女孩已經在繞著沙發互相追逐，有三個男孩開始扭打在一起。

「你幫牌卡裝水了嗎？」哈里森低聲說。

「我？」我大聲說，「應該是你要裝水！」

「不，應該是妳要裝，吉莉安。」

「現在是吃蛋糕的時間嗎？」生日女孩質問。

「這些小丑好笨！」她旁邊的男孩抱怨道。

「他們很爛！」一個男孩用手抱著頭不滿地說。

「給他們一個機會！」亨里太太責罵道。

我的胃突然像石頭一樣沉重，我的膝蓋顫抖，滿頭的大汗把臉上的妝弄花了。

孩子們群起圍攻。我們一次都沒有讓他們發笑。「他們討厭我們！」我低聲對哈里森說。

他慌亂地示意那個袋子：「準備下一招，快點！」

我從袋子拿出鮮奶油派。當我打開它的時候，手抖得不行。

「還不到吃生日蛋糕的時候。」我說，「但是，有誰想要試試生日派？」

「好！」好幾個孩子歡呼起來，有幾個興奮得舉著手跳來跳去。

「這是好吃的派。」我告訴他們。

「是哪一種派？」一個看上去像在噘嘴的黑髮女孩問，「是蘋果嗎？我討厭蘋果。」

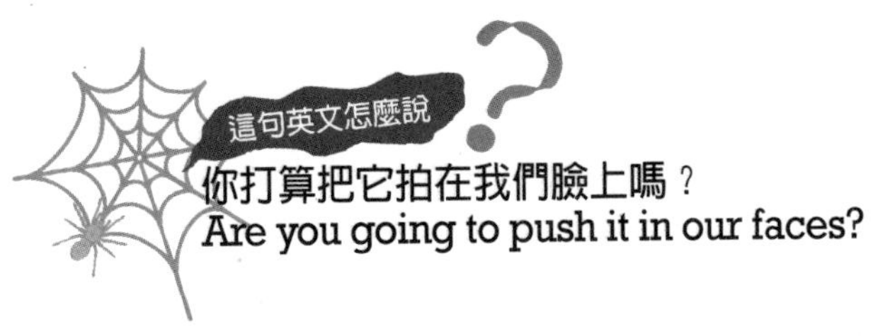

「這是一個鮮奶油派！」我告訴她，「我需要兩個志願者來吃吃看。誰想要嘗嘗生日派？」

我把那個假派餅放在咖啡桌上，然後叫一個男孩和一個女孩到前面來。

哈里森和我並不打算用鮮奶油噴這些孩子，我們只是讓他們先聞聞派，然後哈里森和我會彎下腰去，我們會彎下腰去聞派的味道，然後互相在對方臉上噴滿鮮奶油！

這個把戲我們沒辦法練習，因爲鮮奶油不能放太久，必須在快表演時才能打發塡進去，但是我們知道，這是最後能逗他們哈哈大笑的把戲了。

「來吧，聞聞派餅的味道。」我催促著小男孩和小女孩。

他們眞的很可愛，不想太靠近那個派。

「你打算把它拍在我們臉上嗎？」小女孩問道。

「沙皮和我會做這種事嗎？」我大聲說，「來，只是聞一聞。」

他們慢慢地彎下腰嗅著派餅。

然後，大塊濕潤的鮮奶油噴了出來，濺得他們滿臉都是。

「哎呀！」哈里森大喊。

房間裡的孩子們嚇得抽氣，有幾個開始哈哈笑。

但是小男孩和小女孩發出震耳欲聾的尖叫聲。

「我的眼睛！我的眼睛！我的眼睛好痛！」男孩大聲號哭，瘋狂地拍打著自己的臉，努力想擦掉鮮奶油。

「我好痛！」小女孩喊道，開始啜泣。「讓它停下來！我的皮膚好痛！」

亨里太太急忙趕過去，其他父母也從偏廳跑出來。很多小朋友都在哭，那個小男孩和小女孩放開了嗓門大聲尖叫。

亨里太太氣呼呼地瞪著我，厲聲說道：「妳對他們做了什麼？」

「一定是這個道具有問題。」我無力地解釋道。

她把孩子們拖到浴室去洗臉。

其他父母試圖讓嚎啕大哭的孩子冷靜下來。

我的心臟怦怦直跳，感覺要吐了，我問哈里森：「哪裡出錯了？」

我把手指插在鮮奶油中，吃了一小口。

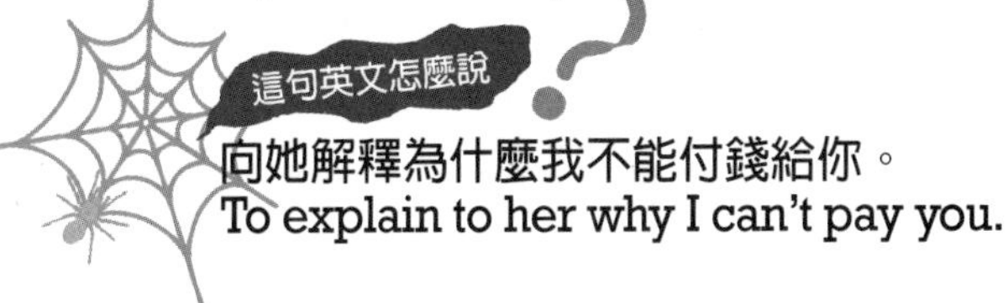

「噁！這不是鮮奶油！」

「啊？」哈里森也吃了一點點。「這是肥皂！」他斷言，還做了個鬼臉。「這是刮鬍子膏或是某種肥皂！難怪會讓他們的眼睛痛！」

「我……我在出門前才把鮮奶油填進去。」我結結巴巴地說，「我不明白……」

我停下了。突然間，我知道發生什麼事了。

雙胞胎。凱蒂和阿曼達。

她們又成功了。她們在我換小丑服裝的時候偷偷調換的。

「我要殺了她們！」我尖叫道。

我感覺到亨里太太的手緊握著我的肩膀，她迫不及待把哈里森和我送到門口。「你們需要多加練習。」她氣沖沖地說，「我會打電話給妳母親，吉莉安。」

「什麼？打電話給我母親？」我大聲說。

「向她解釋爲什麼我不能付錢給妳。妳毀了喬絲琳的生日聚會，全被妳搞砸了。」

我們兩個幾乎是被她趕出門外。

哈里森和我站在黑漆漆的天色中。寒冷的雨滴打在我的臉和肩膀上，我知道白色小丑妝一定正從我的臉上流下來，可是我不在意。

我發出一聲嗚咽。「我該怎麼辦？」我哭著說，「我該怎麼跟媽媽解釋發生的事？眞的太丟臉了！」

「就告訴她我們爛透了。」哈里森哀怨地說。

我們傷心地走在街道上，腳下的運動鞋踩在礫石車道上嘎吱作響。風改變了方向，把冷冷的雨水往我們臉上吹。

哈里森轉向我，畫著紅色眼圈內的一雙眼睛興奮地閃爍著。

「吉莉安，我有個主意！」他大聲說，「我們讓史賴皮活起來吧！」

15.

我停下腳步盯著他，大聲質問：「你瘋啦，你在說什麼呀？」

「下一次的週六派對，我們來表演腹語。」他回答道。他把包包放在路邊：「我們不需要這些愚蠢的把戲，吉莉安，我們就用木偶來做搞笑表演吧。」

「正經一點。」我嘀咕道。雨淋濕了我的頭髮和肩膀，厚重的眼妝流到眼睛裡。

「我是認眞的。」哈里森堅持道，「妳可以用史賴皮，我再去找一個木偶。我們可以找一堆笑話書來，幫木偶們編一場戲。那一定會很棒，比吉米·歐詹姆斯更好！我的意思是，兩個木偶一定比一個更有趣吧！」

雨越下越大。我揉了揉眼睛，試圖把妝擦掉。白色的化妝品流進我脖子上的

小丑褶領裡，衣服也溼答答地貼在皮膚上。

「怎麼樣？」哈里森問道，「一個全新的表演，妳覺得怎麼樣？」

「哦……好吧。」我同意了，揉了揉眼睛。「至少我們不需要服裝和化妝來表演腹語。」我撕下已經濕透的褶領塞進袋子裡：「我再也不想扮成小丑了！」

整個週末都在下雨，這樣的天氣完全符合我陰鬱的情緒。

當媽媽問我生日派對怎麼樣的時候，我口氣不善地說：「別再提了！」

媽媽可能從亨里太太那裡得知了這整件可怕的事情，因為她再也沒有向我提起這件事。

我在雙胞胎的房間堵住她們，憤怒地指責她們毀了我的小丑表演。「妳們很可能因為肥皂讓那些小孩眼睛瞎掉！」我尖叫道。

「可是不是我們做的。」凱蒂堅稱道，「我們沒有碰妳的愚蠢道具。」

「我們那時候甚至不在家。」阿曼達接著道，「我們昨天去找我們的朋友史蒂夫了，記得嗎？」

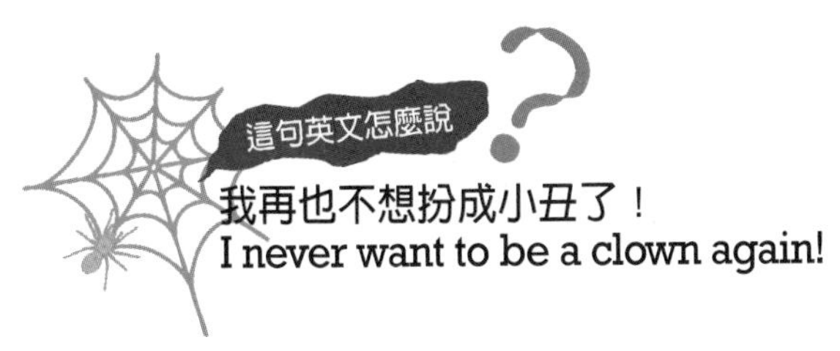

我喘著氣。她說得沒錯，雙胞胎當時並不在家。

那麼……是誰把鮮奶油換成了肥皂？

是誰？

週一放學後我見到了哈里森，他用力地踩著腳踏車朝我騎來，他跟我報告說：「我打了電話給魔術店，他們沒有賣腹語術的木偶。」

我彎下腰查看我的腳踏車，前輪胎看起來有點洩氣，我問他：「那你要去哪裡找一個？」然後繼續研究我的輪胎。

「我打電話給李托劇院。」哈里森回答道，「他們給了我腹語師的地址。」

我壓了壓腳踏車輪胎。「你爲什麼要腹語師的地址？」

「我打賭他有別的木偶可以賣給我們。」哈里森說，「或者，他也許可以借我們一個。」

我站直了身體。「可是那天我在街上看到他的時候，他表現得非常奇怪。記得嗎？他對我大喊，叫我擺脫史賴皮，然後就跑走了。」

哈里森說：「也許他有別的事情要忙。」他從夾克口袋裡掏出一張紙：「我這裡有他的地址，妳可以跟我一起去他家嗎？」

我猶豫了。我眞的很不想去見吉米．歐詹姆斯，但我確實想問他一些關於史賴皮的問題，而且我也不希望哈里森獨自一個人去。

「好吧。」我說，邊騎上我的腳踏車：「能發生什麼事呢？」

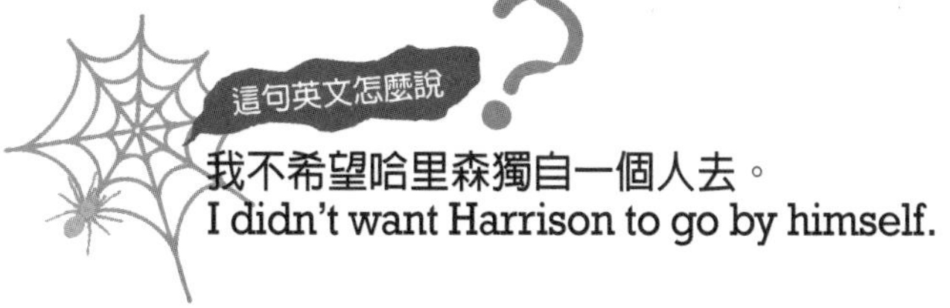

16.

我告訴哈里森：「我父母不喜歡我騎腳踏車到這麼遠的地方。」

他用力踩著踏板，一手拿著腹語師的地址，氣喘吁吁地說：「我想那裡應該是在道森家再過去幾條街。」

我們經過了我們的社區，穿過城鎮，然後經過城鎮另一邊的幾個小社區。在幾個樹木繁茂的街區之後，房屋變得越來越小，彼此間也靠得比較近。

「我們離家太遠了。」我說這句話的時候，腳踏車正騎在鐵軌上。一條瘦得皮包骨的狗追趕我們好幾個街區，一邊吠叫一邊輕咬我的腿。

我們騎過一塊雜草叢生的空地，上面停了一整排看起來破破舊舊的活動房屋。「哈里森，你確定你知道路？」我喊道。

「哦……」他盯著手中的地址，就好像那是一張路線圖。突然他停下車，發出尖銳的剎車聲：「嘿，一定是那間房子。上面那裡。」

他指著一間隱沒在樹林後方，有著灰色木片外牆的大房子。那房子幾乎被低矮的樹枝給隱藏起來，完全被籠罩在黑暗中。一份捲著的報紙被丟在排水溝正上方的屋頂上，草坪上長滿了高高的草叢和雜草。

「沒錯，就是這裡。」哈里森把地址條揉成一團，塞進牛仔褲口袋裡。

我凝視著樹林裡的幽暗陰影，試著好好地看清楚房子。「讓人毛骨悚然的房子。看起來不像是有人在家的樣子。」我低聲說。

我們推著腳踏車走上車道，路面破破爛爛的。有什麼動物匆匆掠過我們的視線，高大的雜草晃動了起來，沙沙作響。

松鼠？花栗鼠？

我不禁顫抖著。

我們讓腳踏車側躺在前門步道長出的高高雜草上，然後走向木板吱吱作響的前廊。

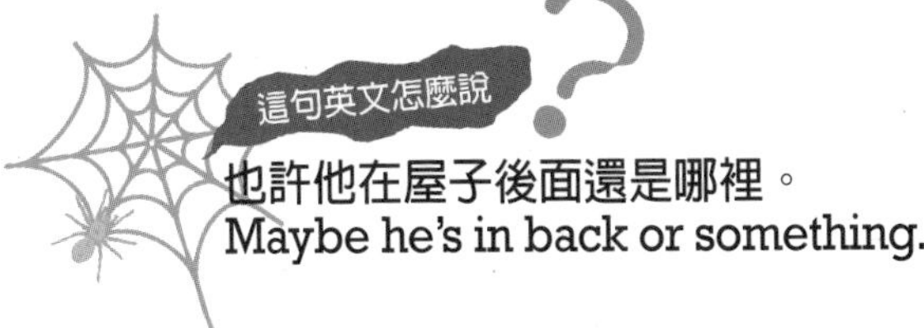

我按了門鈴，但是沒有聽到電鈴聲。哈里森敲了敲門，喊道：「歐詹姆斯先生，你在家嗎？」

我們等了一會兒，然後又敲了敲門：「有人在家嗎？哈囉？」

哈里森再次敲門，然後前門打開了。

沒有人在那裡。

我把頭伸進去，裡面黑漆漆的。「有人在家嗎？」

「我們進去吧。」哈里森催促道，輕輕推著我。「也許他在屋子後面還是哪裡。」

我猶豫了。「進去？你覺得我們應該這麼做嗎？」

「我們看看吧。」哈里森說。

「好……好吧。」我深吸了一口氣，帶頭走了進去。

短短的走廊通往一個狹長的前廳。從窗戶照射進來的陽光有限，大部分都被房子周圍的樹木遮擋住了，但是即使在昏暗的光線下，我也能看清楚這個房間空蕩蕩的。

「有人在家嗎？」哈里森雙手圍在嘴巴旁呼喚道，「歐詹姆斯先生？你在嗎？」他的聲音在光禿禿的牆壁上迴盪。

我們快速前往下一個房間。地上有什麼東西在移動，讓我停下了腳步。「噢，好噁。」我抱怨道。

蟑螂！

好幾十隻。牠們爬過我的運動鞋，我感覺牠們讓我的腳踝發癢。

「噢！趕走牠們！把牠們從我身上弄走！」我上竄下跳，拍打這些蜂擁而至的噁心蟲子。

然後我跳過牠們趕上哈里森。「眞噁心。」我喃喃自語，「這個地方到處是蟲子。」

我們發現自己來到一個中間放著長桌子的房間裡。起初我以爲這是飯廳，但是三面牆上的工具和用品架，讓我意識到這是某種工作室。

我拉拉哈里森的袖子。「我們眞的不應該待在這裡，該走了。」

哈里森沒有理會我，反而從長桌的一角拿起某樣東西。「妳看。」他把那樣

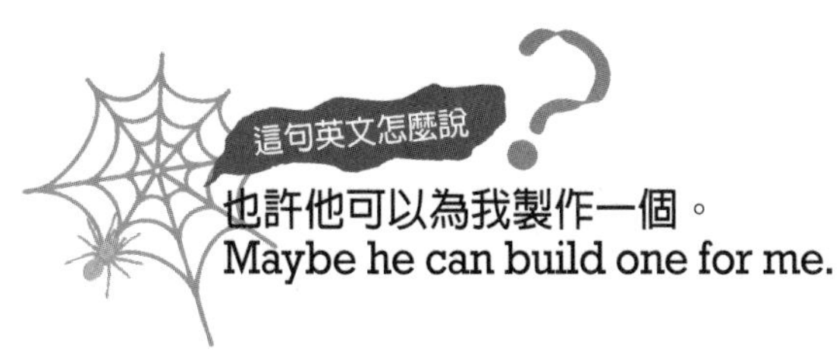

東西推到我面前。

「嘿……」那是一個木製的假人頭。就像史賴皮一樣，他有雙冷酷的眼睛和扭曲的微笑。

「房間裡到處都是身體部位。」哈里森說。他從架子上拉下一雙修長的腿，然後又拿起另一個木偶頭。

「他一定是在這裡製作他所有的木偶。」我邊說邊走進隔壁的房間。

「也許他可以爲我製作一個。」哈里森建議道，「那會很酷。」

我把頭伸進廚房。光禿禿的。沒有食物，沒有盤子或鍋碗瓢盆。

「他離開了。」我告訴哈里森，「我認爲他已經搬走了。」

「不行！」哈里森抗議道，「我們需要另一個木偶。」

「可是，這裡看起來不像是有人住呀！」我說著走進廚房後面的小飯廳。「我的意思是，看看四周，哈里森，你有看到……」

我要說的話被掐斷在喉嚨裡。

我驚恐地大口呼吸，迅速用手摀住嘴巴。

哈里森也看到了。「噢……」虛弱的呻吟從他的喉嚨洩出來。

我們兩個人死死盯著飯廳裡的桌子。

盯著桌子上倒向一邊的人頭。

吉米·歐詹姆斯的頭。

我們兩個人死死盯著飯廳裡的桌子。
We both stared at the dining room table.

17.

我們一步步往前進。我抓著哈里森的手臂：「他是……？那是……？」

哈里森吃痛地喊出聲，用力抽開手臂。

「對不起。」我喃喃道，沒有意識到我是多麼用力地捏著他的手。

腹語師的頭側躺著，壓在左耳上，黑色的眼睛睜得大大的，空洞地盯著牆壁。

當我們俯身看向那顆頭時，我艱難地嚥了口水。

哈里森拿起那顆頭大聲說：「假人頭！」

「哦，哇！」我大叫，用手捂住激烈跳動的心臟，試圖讓它慢下來。「我真不敢相信！它看起來很眞實！他做了個自己的假頭！」

哈里森用另一隻手上下移動假人的嘴巴，盡量不移動自己的嘴唇，用嘶啞的

聲音說：「你好。我是吉米．歐詹姆斯，我是個木偶。」

「拜託，不要做蠢事，我們走吧。」我懇求道，「這個地方真的讓我起雞皮疙瘩。」

「哇，等等。」哈里森堅持。

「不，我是認真的。」我告訴他，「我要離開這裡，就是現在！」

「但是，看一下這個！」哈里森喊道。

我轉向他。他已經把頭放回桌子上，正在翻閱一本破舊的小書。

「那是什麼？」我問道，又走回那個房間。

「這太酷了！」哈里森驚呼道，「這好像是筆記本。我想，是一本日記。」

「誰的日記？」我問，站到他身邊去。

「吉米．歐詹姆斯的日記。」哈里森回答道，眼睛瀏覽著頁面。「哇，這裡有關於史賴皮的事情。」

我把書從哈里森手裡抽出來：「史賴皮？史賴皮怎麼樣？」

我快速閱讀了一下內容。日記裡的筆跡小巧又整齊，藍色的墨水已經褪色，

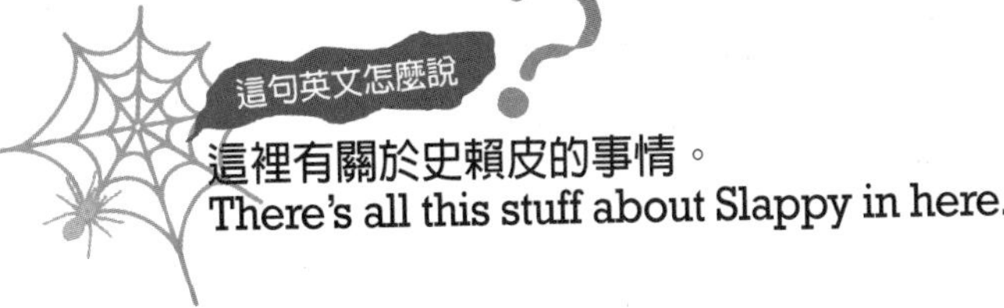

但是即使在飯廳昏暗的燈光下，仍然很容易閱讀。

「哇，這不可能是眞的！」我驚呼道，「腹語師一定是在寫恐怖小說還是什麼的。這不可能是眞的。」

「爲什麼？」哈里森熱切地問道，「上面寫了什麼？」

「這……這實在令人難以置信！」我結結巴巴地說，眼睛往下讀著內容。

「吉莉安……上面寫了什麼？」哈里森不耐煩地大聲問道。

瞇著眼看著小小的字跡，我開始朗讀……

傀儡師傅不是一個正常人，至少我是這麼聽說的，以下就是我被告知的故事。傀儡師傅是一個巫師，他出於邪惡的目的利用了自己所製作的魁儡木偶。他的木偶和玩具使人們患上了奇怪的疾病。他製作出會傷害主人的娃娃，以及會在主人睡覺時偷走珍貴物品的玩具。

巫師喜歡以看起來無辜的玩具傳播苦難和邪惡。

「這一定是虛構的故事。」哈里森打斷我，「這聽起來像是故事，不可能是眞的。」

我咬住下嘴唇，回答道：「我不知道。」我翻過一頁：「我不知道這是眞的還是假的。」

我繼續大聲朗讀……

名爲史賴皮的木偶是傀儡師傅最邪惡的發明，他爲了需要木頭而偷了一副棺材，然後用棺木雕刻了那個木偶。

巫師將他自身的邪惡灌輸到木偶裡。巫師的邪靈存活在史賴皮裡，等待被喚醒，藉由朗讀巫師寫下的具有魔法的邪惡話語。

巫師的邪靈存活在史賴皮裡。

「這幾個字在日記中被劃了底線。」我告訴哈里森。我再看了一遍……

我已經設法讓史賴皮沉睡了。
I have managed somehow to put Slappy to sleep.

巫師的邪靈存活在史賴皮裡。

我繼續往下讀……

讓它活過來的古老巫術咒語，寫在木偶夾克內的一張紙條上。當古老的文字被大聲朗讀時，木偶和邪靈就會復活。

我已經設法讓史賴皮沉睡了。我不確定我是怎麼做到的，我只關心木偶已經沉睡了。我把木偶扔進了垃圾桶裡，讓它被拖走，被壓碎。

我唯一的希望就是沒有人找到他，沒有人朗讀那些會讓它復活的邪惡話語。

「哇──」哈里森低聲說，搖了搖頭。「我們發現了那張紙條……還記得嗎？」

一陣寒意從我的背上竄下：「而我開始讀了那些字。謝天謝地，我從來沒有把它們念完！」

哈里森用力盯著我：「如果這個故事是真的，那麼史賴皮是真的可以活過

來。他真的可以把妳的蜥蜴塞進嘴巴裡。」

「而且用肥皂調換了道具裡面的鮮奶油。」我接著說道。

我們沉默地看著彼此。

「但是我們沒念完那些話……還記得嗎？」我大聲說，深深地吸了一口氣。「再說，整個故事都很瘋狂。木頭做的木偶是不會活過來的……是吧？」

一聲巨響讓我們嚇得跳了起來。

前門被砰得甩上門的聲音。

我闔上小日記，哈里森把它塞進牛仔褲口袋裡。

我們都僵住了，凝視著昏暗的灰色光線。

聆聽刮著地板的緩慢腳步聲越來越近……越來越近……

就像木偶在地板上拖拽而行的聲音。

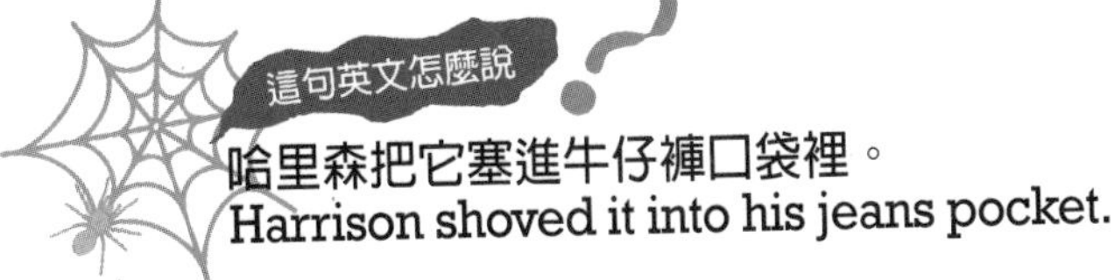

18.

咯嗒，沙沙……咯嗒，沙沙……咯嗒，沙沙……

我想像史賴皮撐著軟塌的雙腳，雙手在地板上拖行著，奮力往前……穿過房間向我們而來。

當穿著深色連身褲的白髮男人拖著腳走進房間時，哈里森和我都倒吸了一口氣。那個男人右手抓著一根手杖，走動的時候手杖敲擊在地板上。他走路一瘸一拐的。

他看到我們時驚訝得張開了嘴巴，整個身體沉重地倚靠在手杖上。「你們這些孩子在這兒做什麼？」他聲音嘶啞地問道。

「我們……呃……我們在找歐詹姆斯先生。」我好不容易吐出一句話。

那個男人指指自己身後，解釋道：「我是他的鄰居。我看到前門開著，想著最好過來看看是不是有人闖空門。」

我瞥了一眼哈里森，說：「我們也以爲歐詹姆斯先生在家，可是……」

「他出去旅遊了。」鄰居打斷我的話，搖搖頭：「長途旅行。他就這麼走了，甚至沒有說再見。」

他將手杖從一隻手移到另一隻手上：「也不知道爲什麼這麼匆匆忙忙的。他是個怪人。」

「謝謝你告訴我們這些。」哈里森說，「我想我們最好還是離開這裡吧。」

沒多久我們就迎著冷風，騎上腳踏車往回家的路上，太陽在樹林後方落下。

「我們現在該怎麼辦？」哈里森不高興地問道。我們正在上坡路段，他用力地踩著腳踏板：「星期六晚上的生日派對，我要去哪裡找個木偶？」

我換了檔騎到他身邊，說：「我有個點子。你可以扮成木偶，我來當腹語師，然後我們就可以……」

「我會坐在妳腿上，然後假裝嘴巴上下動著？」哈里森大聲說，「不可能！

別想了，吉莉安。」

「哦……我其實不想表演腹語。」我坦白說。

哈里森瞇起眼睛看著我：「爲什麼不想？」

「我不想用上史賴皮。」我回答。一陣寒意從背上滾了下來。「我……我不想讓那個木偶待在我們家。」

哈里森發出一聲尖笑：「妳該不會眞的相信那本小日記裡說的話？」

「也許。」我回答道，「也許我相信。也許那個木偶眞的很邪惡，哈里森。我不想惹他。我……」

「可是我想到一個很棒的主意！」他反駁道。我們在停車號誌前停了下來。

「瑪莉艾倫怎麼樣？」他問道。

我瞇起眼睛看著他：「什麼？什麼叫瑪莉艾倫怎麼樣？」

「也許我可以跟妳妹妹們借用那個洋娃娃。」哈里森建議道，「她很大又長得奇怪，會是個很棒的木偶。」

「哦……」我瞪著他。

「也許我們可以說史賴皮和瑪莉艾倫是男女朋友。」哈里森繼續說，「也許我們可以說他們即將要結婚，這可能很有趣。」

我皺了皺眉：「史賴皮和瑪莉艾倫？你說得沒錯，這可能很有趣，可是我真的不想這麼做。我真的不想用史賴皮。」

哈里森懇求道：「考慮一下，這是個很棒的主意，吉莉安，而且我們都不想再扮成小丑。就考慮一下……好嗎？」

「好吧。」我回答。但是我一直想著史賴皮邪惡的笑容，小日記裡的文字也在我的腦海裡重複著。

「那是真的。」我心裡決定這麼相信著。「木偶可以活過來。木偶是邪惡的……」

當我騎到家時，媽媽正在前門等我。我從腳踏車上下來並抓起背包時，她大聲說：「妳遲到了！還記得嗎？妳今晚要照顧雙胞胎。」

我完全忘得一乾二淨。

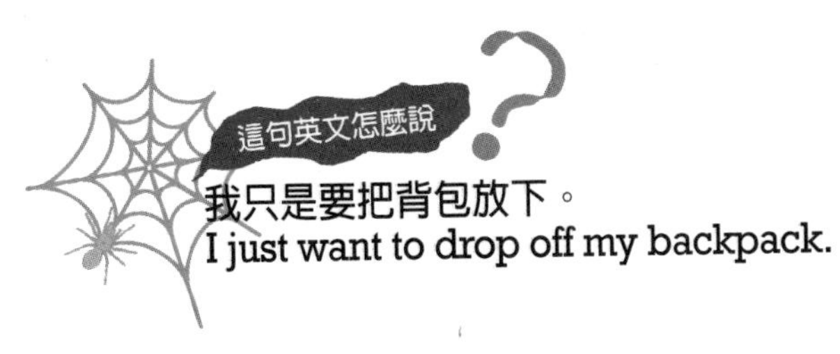

我趕緊跑進屋裡。「我把妳的晚餐放在桌子上，妳爸爸和我必須離開了。」媽媽說。

「我馬上下來。」我告訴她，「我只是要把背包放下。」

我一次踏兩階上了樓，匆匆進入房間，把沉重的背包扔到地板上。我一轉身面向門口就僵在原地倒抽了一口氣。

「噢，不。」我哀號著看向房間的另一邊。

史賴皮就坐在我的梳妝台上，右手上有一支打開的口紅。

接著，我看向爬滿鏡子上那些潦草的紅色字跡：

我的新娘在哪兒？

19.

「媽媽！爸爸！」我一邊尖叫一邊下樓。

他們已經走到前門，爸爸正在幫媽媽套上夾克。

我推開外面的玻璃門，開口道：「我要跟你們說……」

媽媽轉過身：「凱蒂和阿曼達已經在餐桌那兒了，去看著她們好好吃晚餐。」接著和爸爸匆忙走向停在車道上的車。

「但是，媽媽……我的鏡子！妳一定要來看看……」我叫道。

「晚一點再告訴我。」媽媽不耐煩地說，「妳已經害我們遲到了，吉莉安。」

「等我們回家後再聽妳說。」爸爸說著打開了車門坐進駕駛座，媽媽則急忙繞到另一邊，她大聲說：「都交給妳負責了！我相信妳，吉莉安。我不希望有任

何的麻煩。」

「但是……但是……」我氣急敗壞。

「只要出一點點問題，妳們三個人就會被終生禁足！」媽媽說道，然後坐進車子裡，甩上車門。

我站在前門看著車子倒車離開，腦海浮現鏡子上用紅色口紅潦草寫著的「我的新娘在哪裡？」。

當車子彎過轉角後，我深吸一口氣走進飯廳。凱蒂和阿曼達坐著，面前是一大碗的義大利麵。凱蒂正在轉動叉子，把義大利麵捲成一大團，阿曼達則是在用手指撿拾長長的麵條。

我走到餐桌旁，心跳加速，咬牙切齒地問道：「妳們有沒有進去我的房間？」

阿曼達正在吸啜一條長長的麵條，凱蒂抬起頭無辜地看著我，問：「什麼時候？」

「今天下午妳們有沒有進去我的房間？」我用顫抖的聲音質問，「是妳們把史賴皮放在梳妝台上嗎？是妳們在鏡子上寫字嗎？」

她們倆瞇著眼睛看著我。「妳發神經啊！」凱蒂說。

阿曼達接著說：「我們才沒有進去妳的蠢房間。」

這一次，我相信她們。

她們說的是實話。

日記裡寫的也是眞的。

木偶是活的！

有人念過那張小紙片上的文字。

「我……我馬上回來。」我告訴她們，「好好坐在那裡吃晚餐。」

我轉身跑上樓梯到房間，在我的梳妝台上，史賴皮手裡握著口紅越過房間盯著我看。

我抓著他，把他從梳妝台上舉起來帶到床上，讓他背朝下躺在上面。

然後我把手伸進夾克口袋，就是我塞小紙條的那個口袋。

我的手指在口袋裡摸索著。

我找了另一個口袋。

他們說的是實話。
They were telling the truth.

然後我再次翻找第一個口袋。

不在那裡。不在那裡。不在那裡——！

紙條不見了。

20.

我低頭瞪著咧嘴笑的木偶，突然間把整件事情想明白了。我知道事情究竟是怎麼一回事了。

凱蒂和阿曼達玩弄木偶的時候發現了紙條，她們念出了那些文字，讓木偶活了過來。

然後她們嚇壞了。她們對於自己的所作所爲害怕極了，甚至不敢告訴爸媽。

她們發現史賴皮很邪惡，也知道他能活過來都是她們的錯。也因爲太害怕了，她們不敢提起這件事，她們擔心會因此被責罰。

我用雙手提起木偶，瞪著他圓圓的黑眼睛。「是眞的嗎？」我大聲問道，「是眞的嗎，史賴皮？是妹妹們讓你活過來的嗎？」呆滯的眼睛凝視著我，歪曲的紅

色嘴巴似乎在嘲笑我。

「是眞的嗎？」我尖聲問道，「是眞的嗎？」我抓著木偶的肩膀用力地搖晃。木偶沉重的頭部在他的肩膀上彈來彈去，手臂也上下瘋狂地亂甩。

我更加用力地搖著他。

最後，我停了下來。我氣喘吁吁，心臟在胸口怦怦直跳。

「我不能讓你毀了我的生活！」我上氣不接下氣地說，「我不能讓你害了我們家！」

我用力地把木偶丟回床上。他在床上彈了兩下便一動也不動地躺著，眼神空洞，頭歪向一邊，微笑的嘴巴張得開開的。

我試著冷靜下來，走到樓梯口大聲問道：「妳們兩個有好好吃飯嗎？」

「有，我們正在吃！」阿曼達在樓下飯廳喊道。

凱蒂問：「妳在哪兒？妳在做什麼，吉莉安？」

「我馬上就下去。」我告訴她們。

我越過走廊進入浴室靠在洗手檯上，把冷水潑在發熱的臉上，然後又洗了

手。

正當我用大浴巾擦乾手和臉的時候聽到了一聲巨響，聲音之響亮，整個房子似乎都震動了。

我嚇了一大跳，緊緊抓住洗手檯邊緣，然後又是一聲巨響從樓下傳來。

我衝到走廊。

樓下又傳來巨響。

接著，是驚恐的叫聲。

雙胞胎們又哭又叫。

我一步跨三階地衝下樓。
I dove down the stairs, leaping three at a time.

21.

我一步跨三階地衝下樓。

「凱蒂？阿曼達？怎麼了？」我尖聲問道。

我喘著氣衝進飯廳……震驚地大叫。

史賴皮坐在桌子邊上？

史賴皮？

我結結巴巴地說：「他……他是怎麼下來的？」

然後我的視線掃過凌亂的現場——破碎的碗盤，義大利麵灑得到處都是。

牛奶翻倒了，番茄醬從牆壁和窗簾上滴下來，沙拉被四處亂扔，地毯上有一團義大利麵。

「是他做的！是他做的！」雙胞胎嚎啕大哭，兩個人都指著史賴皮。

癱倒在椅子上的木偶頭部向前傾，一隻手臂垂在身旁，另一隻手則陷在桌上的一灘義大利麵醬裡。

我的視線從木偶那兒轉向女孩們，然後又轉回木偶身上。「什麼時候……？怎麼……？」我一時說不出話來，我的腿抖得太厲害，以至於必須扶著牆壁來撐住自己。

實在是亂糟糟得可怕，到處都是一團團的義大利麵，更不用說那些紅色的污漬……破掉的餐盤。

「是他做的！是木偶做的！」凱蒂大喊道。

「妳一定要相信我們！」阿曼達懇求道。

我確實相信她們。

木偶毫無生氣地癱倒在椅子上。

可是，他是怎麼從我的房間下來的？

雖然妹妹們喜歡惡作劇，可是她們絕對不會做得這麼過分。

可是他們絕對不會做得這麼過分。
But they would never go this far.

我該怎麼辦？接下來我該怎麼做？

這個時候電話響了。

我被電話鈴聲嚇了一大跳。

我迅速轉身離開還在尖叫的妹妹們，遠離木偶，逃離這場可怕的混亂，然後跑到客廳抓起電話。

「喂？」

「嗨，吉莉安，是我。」

「媽媽？」

「一切都好嗎？」她問道，「妳聽起來有點喘氣。」

「不好！」我大聲說，「不好了！媽媽……一切都不好！」

「咦？什麼……？」

「木偶活過來了，媽媽！」我對著電話喊道，「妳必須回家來！木偶活過來了！他把義大利麵灑了，而且……而且……」我喘不過氣來。

「吉莉安，別說了！」媽媽厲聲說，「立刻停下來。我對妳很失望。」

「但是，媽……」我急切地想告訴她一切，可是她卻令人氣結地打斷我。

「別說了，吉莉安。我拜託妳，不要再和雙胞胎吵架了。現在是妳當家，吉莉安，妳必須當那個大人才行。」

「可是……可是……媽媽……」我結結巴巴地說。

「一個字都不要再說了。」她絲毫不動搖。「我對妳很失望。妳爸爸跟我會儘早回家的，再見。」

她掛斷了電話。

我困難地吞了口水，深吸一口氣，然後急忙回到飯廳。

「必須把那個木偶關起來，在他造成更多傷害之前，必須將他鎖起來。」我決定了。

我停在入口……盯著空蕩蕩的椅子。

「他在哪兒？」我大聲問道，「妳們把史賴皮怎麼了？」

凱蒂張著嘴，卻什麼都說不出來，阿曼達也嗚咽著搖了搖頭。

「哪裡？」我質問道，「木偶在哪裡？」

「他……他離開了！」凱蒂終於輕聲回答道。

「什麼？」我叫道。

然後，我聽到輕微的腳步聲。先是砰的一聲，然後是刮擦聲，從靠近大門的樓梯口傳來的。

「是他。」阿曼達低聲說。

「他要上樓了。」凱蒂接著說。她和阿曼達交換了驚恐的目光。

我僵住了。

聽著木偶爬上樓梯發出的聲響。砰，砰，砰。

「這不是眞的。」我喃喃自語。

我強迫自己動起來。

我飛快穿過客廳上樓。

我停在自己的房間門口。

史賴皮就坐在我的床上，頭上有幾根橘紅色的義大利麵條，還有些麵條掛在他穿著運動夾克的肩膀上。

我的視線往下移到他手上的那支口紅。

然後再往上到床邊的牆面上，那兒有他潦草寫下的字：

我的新娘在哪兒？

22.

我告訴哈里森：「我們都被禁足了。」我在房間裡來回踱步，把電話夾在肩膀和下巴之間：「我爸媽非常生氣，他們甚至不跟我們說話。」

「眞是壞消息。」哈里森喃喃道。

我瞥了一眼窗外，是個陽光燦爛的好日子。由於某個教師會議，今天不用上學，可是我哪裡都去不了，也不能跟朋友見面。

「我從來沒看過他們這麼生氣過。」我對哈里森說，「窗簾和牆壁上的義大利麵污漬怎麼都弄不掉。我們試了所有方法。」

「妳有沒有跟妳爸媽說是木偶做的好事？」哈里森問道。

「他們不會聽的。」我回答道，「每次我提到史賴皮都只是讓他們更生氣，

然後對我怒吼，說是再也不准提起木偶。」

「妳眞的認爲他活過來了？」他問道。

我打了個寒顫：「我知道他是，哈里森。我把他鎖在一個行李箱裡，還確保行李箱上了兩道鎖。我們必須把他弄出這個房子，越遠越好。」

「星期六晚上的生日派對怎麼辦？」哈里森插話道，「我們需要木偶……記得嗎？」然後又接著說：「可是妳被禁足了。這是不是表示我們不能在聚會上表演了？」

「媽媽會讓我參加派對的。」我告訴他。「西姆金太太打電話來，她的兒子是壽星。但是因爲她家的地下室淹水，所以派對會在我們家舉辦，就在地下室。」

「所以我們需要史賴皮。」哈里森宣布道。

「不行！」我大聲說，「我告訴過你，我把他鎖在行李箱裡。我不會放他出來的，絕不！」我把電話換到另一隻耳朵。「我們必須扮成小丑表演，哈里森。」

「我們做不到！」他喊道，「小朋友討厭我們的小丑表演，吉莉安，表演糟糕到孩子們都哭了，記得嗎？」

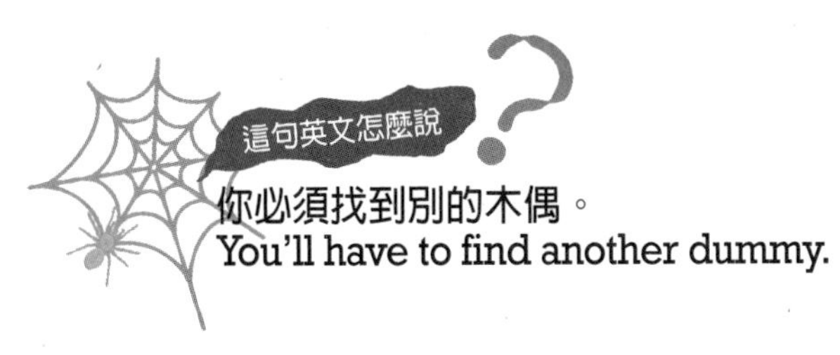

「但是木偶……」我試圖插話。

「我爲木偶和娃娃寫了一齣戲。」哈里森說，「眞的很好笑，小朋友會喜歡的。我們一定要表演這個。」

我不發一語，禁不住想到史賴皮坐在餐桌旁時臉上掛著的邪惡笑容，周圍全是破掉的碗盤，還有把四處弄得髒兮兮的義大利麵。

我再次看到鏡子和牆上草草寫著的字：我的新娘在哪裡？

我全身發抖。

我沒辦法跟史賴皮一起表演腹語術。我不能讓史賴皮有機會做更多邪惡的事。

「找別的木偶。」我告訴哈里森，「這是我們能夠表演腹語的唯一方法。我們可以用瑪莉艾倫，但是我不會用史賴皮。你必須找到別的木偶。」

「好吧，好吧。」他同意道，「一個新的木偶。我會找到的，沒問題。」

「給我！」

「不，這是我的！」

「你說過會分我的！」

「去拿你自己的！」

客人們開始抵達後大約五分鐘，生日派對就爆發了第一場爭執。

六歲大的孩子根本就是野獸。我早該知道的，我六歲的雙胞胎妹妹大多數時候都是野獸。

現在，哈里森和我一起站在地下室娛樂房中間，盯著大約十五個六歲的小孩，他們扭打、蹦來蹦去、上竄下跳、喊叫、大笑，在房間裡互相追逐著。

哈里森竊笑著搖了搖頭：「他們的爸媽簡直迫不及待把他們扔在這裡就離開了。」

我嘆了口氣：「誰能怪他們。」

有一顆氣球破掉了，一個綁著紅色辮子的小女孩開始哭泣。哈里森急忙讓她冷靜下來。

大人也在隔壁辦起了自己的聚會，就連西姆金太太也迫不及待想逃跑，這還

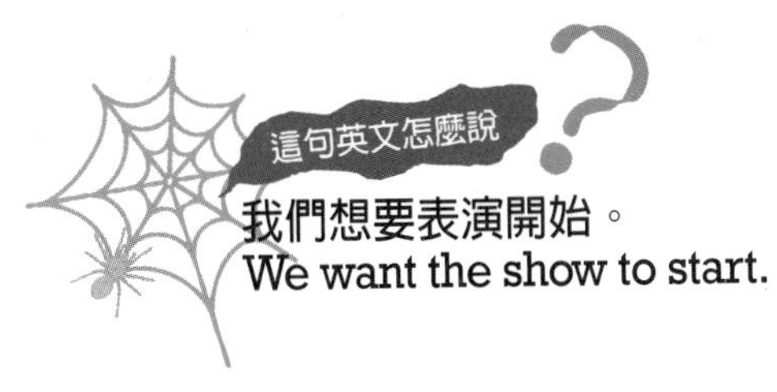

是她兒子艾迪的派對呢！

「我們會待在隔壁。」她說，讓哈里森和我全權負責。「需要我們的話就大喊一聲。」

哈里森終於讓紅髮小女孩停止哭泣，他急忙回到我身邊。一顆足球飛過房間，差一點反彈到生日蛋糕。哈里森嘆了口氣：「西姆金太太應該付我們更多酬勞！」

我還顧房間。凱蒂和阿曼達似乎玩得很開心，她們正在向另外兩個女孩展示她們的豆袋娃娃（註1）。

我低頭看著壽星艾迪·西姆金，他正拉著我的T恤問：「表演什麼時候開始？我們想要表演開始。」

他開始吟唱起來，有幾個男孩也加入：「我們要看表演！我們要看表演！」

「我們去把梅西和瑪莉艾倫拿過來吧。」我建議，「至少表演能讓孩子們安靜一陣子。」

哈里森搖搖頭說：「也許吧！」

梅西是個看起來傻里傻氣的木偶，哈里森在他叔叔的閣樓裡找到他。我們整個星期都拿梅西和瑪莉艾倫練習，一切都進行得很順利。事實上，這個表演實在太好笑了，我們自己都笑到不行。

我迫不及待地想要表演給孩子們看。

我們把梅西和瑪莉艾倫藏在手提箱裡，然後把手提箱放在地下室的另一邊，就在我爸工作室的衣櫃裡。

哈里森把瑪莉艾倫從手提箱裡取出，還幫她順了順頭髮。

我從衣櫃裡拿出裝著梅西的老舊手提箱放在一邊。

「別忘了歌詞中我們改過的部分。」我提醒哈里森。

他點點頭：「沒問題。」

我打開手提箱的鎖，掀起蓋子，然後伸手去拿梅西。

「不！」我發出驚恐的呻吟。

「他是怎麼跑進來的？」我尖叫道。

哈里森和我直直盯著史賴皮。

我迫不及待地想要表演給孩子們看。
I couldn't wait to perform the act for the kids.

史賴皮。

史賴皮。

在本來應該裝著梅西的手提箱裡，對著我們笑得合不攏嘴。

註1：：Bean Bag Doll。一種洋娃娃，有著巨大的塑膠頭部，身體則是類似懶骨頭沙發。

23.

「我們要看表演！我們要看表演！」整個地下室裡的孩子們都在高呼。

「我……我做不到。」我告訴哈里森，「我太害怕了。」

「我們要看表演！我們要看表演！」

哈里森盯著手提箱：「誰調換了木偶？」他幾乎說不出話來：「怎……怎麼會？」

史賴皮的笑容似乎在擴大，圓圓的眼睛在昏暗的地下室燈光下熠熠有神。

「我們要看表演！我們要看表演！」

哈里森抓住我的手臂堅定地說：「我們必須完成表演，我們必須這麼做，如果不表演的話，孩子們會暴動的，到時候場面會很難看！」

在我們身後，孩子們高聲歡呼。他們坐在地板上，一邊呼叫一邊鼓掌，不耐煩地等著我們開演。

我低頭看著那張畫出來的笑臉高聲說：「可是……我把他鎖在樓上了！鎖得緊緊的。」

「快點把他扶起來。」哈里森命令，「我們要完成這個表演，然後永遠地擺脫他。把他扶起來，吉莉安，抱緊他。一切都會沒事的。」

我回頭看著大呼小叫的孩子們，他們已經開始焦躁不安了。我知道哈里森沒說錯，我們必須演完這場秀。

我深吸一口氣，把史賴皮抱在懷裡，哈里森也把瑪莉艾倫抱在手上，然後我們越過地下室預備開始表演。

「這是我的生日！」艾迪這麼宣布，然後推開前面的幾個孩子。「所以我要坐在最好的位子。」他在史賴皮和我的正前方蹲了下來。

哈里森和我坐在高高的木頭凳子上，我們把史賴皮和瑪莉艾倫抱起來放在腿上，我盡可能地緊抓著木偶，接著我們開始表演。

「嗨，娃娃。」我讓史賴皮說道。

「不要叫我娃娃！」哈里森用又高又尖的聲音裝成瑪莉艾倫來回答，「我會打你一巴掌！」

「我覺得沒關係，不然你以爲我爲什麼會叫作史賴皮（註2）？」我讓木偶回答。

有幾個孩子笑了。我往下看了一眼，只見艾迪的臉上露出噁心的表情。

「你是個笨蛋！」瑪莉艾倫用尖尖的聲音喊道，「我打賭你身上有白蟻！」

「你不應該罵人的。」史賴皮回說。

「爲什麼不行？」

「因爲那是我的工作！」史賴皮感嘆道，「而你蠢到不知道該怎麼罵人，瑪莉艾倫。你知道死臭鼬和花生醬三明治有什麼不一樣嗎？」

「不知道。哪裡不一樣？」

我讓史賴皮搖了搖頭：「提醒我，永遠不要跟你要三明治吃！」

又有幾個孩子因爲這個笑話而發笑，但是我往下看時，看到艾迪依舊皺著眉頭。

「這個不是很好笑。」他對著我說，「妳不能變得更有趣嗎？」

「你想要更有趣？」史賴皮突然喊道，「讓我告訴你什麼更有趣，孩子！」

我猛然吸氣。我沒有讓史賴皮這麼說！

在我能夠做出任何反應之前，木偶仰起頭，張大了嘴巴。

我聽到史賴皮肚子深處傳來咕嚕聲。

接著咕嚕聲漸漸變成了轟隆聲，我嚇得大叫。

就像從消防水栓噴湧出水那樣，從史賴皮張開的嘴裡流出了一股濃稠的綠色液體，又稠又黏的綠色髒東西，就和豌豆湯一樣稠。

史賴皮轉過頭，把綠色的黏液往孩子們身上噴，坐在我腳邊的艾迪‧西姆金被噴了一身，牆壁和地板也不能倖免，其他孩子身上也都被噴得一塌糊塗。

「噢，好臭！」有個女孩哭了。

四處瀰漫著一股腐爛的臭味。

史賴皮把頭仰得更高些，然後轉過身，令人作嘔的綠色液體就這麼噴灑在每

個人身上。

孩子們因爲覺得噁心而尖叫哭喊著。我看到一個男孩試圖站起來逃跑，但是他踩到了黏答答的綠色黏液，反而摔倒在地上，臉朝下埋進黏液裡。

「它跑進我的眼睛裡了！」有個男孩尖叫道，「我的眼睛好痛！」

「哦……哦……」恐怖和厭惡的呻吟聲在地下室此起彼落。

我試著用手遮住木偶的嘴巴，不讓他繼續噴出東西來，但是史賴皮突然抽身離開我。他滑下我的大腿時我大叫了一聲。

他跳到地上，用兩隻腳站立著，抬著頭噴出了更多臭氣沖天的濃稠液體。

孩子們都試圖遠離他，有些已經哭了起來。我看到有兩個男孩彎腰坐在地板上嘔吐。

我轉向哈里森：「我們該怎麼辦？」

但在哈里森能夠回答之前，史賴皮向前邁了兩步，用兩隻木手抓住艾迪・西姆金。

憑藉著驚人的力氣，史賴皮把那個驚恐的男孩拖過房間。

「史賴皮……停下來！」我叫道。

他轉身向著我，臉上大大漾開一個前所未有的邪惡笑容，眼裡閃耀著興奮的光芒。

「現在，這是我的派對了！」史賴皮尖叫道，「我要我的新娘子！」

註2：史賴皮英文名是Slappy，slap則是巴掌、耳光之意。

24.

「他弄痛我了！」艾迪尖叫著說，「把他趕走！讓他走開！」

「離我遠一點！」史賴皮咆哮道，「我會傷害他的！我會狠狠地傷害他！」

他猛烈地拉扯艾迪，把他甩到地板上。

我因爲驚嚇而僵住。孩子們又是尖叫又是號哭，腳滑跌倒在噁心的綠色髒東西裡。

「這不是眞的！」我對自己說。

我轉向哈里森，他的頭髮也被綠色液體弄濕了，有一些還濺在他的襯衫和牛仔褲上。

「我們該怎麼辦？」我在孩子們的尖叫聲中大喊道。

他無助地聳了聳肩。

我對他說：「我去找人來幫忙！」我走向地下室樓梯。

「妳要去哪裡？」史賴皮憤怒地質問道，他把艾迪左右甩來甩去。

「噢！你弄痛我了！」艾迪嚎哭道。

我的運動鞋踩在綠色的黏液中。我舉起兩隻手臂保持平衡，然後開始跑起來。

我沒有看到史賴皮伸出的腳。他絆了我一下，害我向前摔倒。

「噢——！」我一頭栽倒在發臭的液體中，不由得發出噁心的尖叫聲。我用肚皮貼在地上滑了幾英尺後，側過身自己爬了起來。

我擦掉臉上的綠色黏液，身上到處都是。

「如果妳上樓，我就要傷害他們所有人！」史賴皮嘶啞道。他尖銳的聲音讓我感到顫慄。

我滑了一下停下來轉過身。「不准碰他們任何一個！」我尖叫道。

「放開我！放開我！」艾迪不停扭動著想要掙脫，卻只是讓木偶的手更加緊

緊地箝制住他的肩膀。

史賴皮的邪惡笑容越來越大，圓圓的眼睛興奮地轉動著。

「現在這是我的派對了！」他喊道，「但是我不想要生日派對！我要婚禮派對！我已經準備好接受我的新娘了！」

我盯著他，心跳加速。綠色黏液令人作嘔的氣味讓我的胃翻騰不已。

「我要我的新娘！」史賴皮生氣地大聲要求，「我要我的新娘，就是現在！」

「好！」我大叫，聲音顫抖而且虛弱。「好。如果我們給你新娘，你能夠保證你會跟她一起離開嗎？你能夠保證把她帶走，不傷害這裡的任何人嗎？」

木偶的眼神一閃，點點頭。

「是……的。」他低吼道，「我會帶走我的新娘！」

「好吧，好吧。」我喘著氣回答，苦苦思索起來。我轉向哈里森，指示他：「把史賴皮的新娘給他吧。」

哈里森瞪著我：「啊？」

「他的新娘。」我重複說道，又用雙手示意：「瑪莉艾倫，把史賴皮的新娘

給他。」

「哦。」哈里森終於聽明白了。他用兩隻手抬起瑪莉艾倫，穿過房間走向史賴皮，遞給他那個大娃娃。

史賴皮盯著瑪莉艾倫看了很長一段時間。

然後，令我震驚的是，他發出憤怒的咆哮聲……接著把娃娃用力丟開。

「你瘋了嗎？」史賴皮尖叫道，「那個醜死了的垃圾！她不可能是我的新娘！」

史賴皮伸出手抓住我的手腕。

「妳才是我的新娘，吉莉安！」他喊道。

25.

「哦——！」木偶緊握住我的手腕時，我不禁哀叫出口。

我用力掙扎，把手臂甩來甩去，但就是掙脫不開。

孩子們在房間四周尖叫、哭泣。我看到兩個女孩在牆邊抱在一起，雙腿顫抖著。

艾迪站在房間中央抱著自己，牙齒因恐懼而打顫。

我四處尋找凱蒂和阿曼達。她們蜷縮在樓梯邊，滿身是綠色的黏液。

哈里森站了起來，震驚得嘴巴都合不攏。他朝我走近一步，腳上的運動鞋濺滿了綠色的泥團。

史賴皮狠狠地笑了起來，把我拉近，將他的木臉貼在我的耳邊。

「妳會成爲我的奴隸。」他低聲說，「妳一輩子都會是我的奴隸！」

「不——！」我尖叫道。

我再次拉扯，竭盡力氣想要掙脫。

但是邪惡的木偶抓得更加用力了。

我根本無法動彈。

我轉向哈里森張開嘴，我想叫他跑上樓梯把家長們帶下來。

但是在我能說任何話之前，一個聲音在地下室響起。

一個女人的聲音。一個憤怒的聲音。

「放開那個女孩，史賴皮！」那個聲音大聲說道，「她不是你的新娘！我才是！」

我轉身想看看究竟是誰在尖叫。

是瑪莉艾倫！

26.

孩子們尖叫著哭了起來。有四個女孩擠在牆邊，互相抱在一起。

那個大娃娃緩緩走了過來，毛茸茸的頭髮在身後飛舞著。瑪莉艾倫從兩個孩子身上踩過，雙手緊緊握成拳頭。

「你這個沒用的爛木頭！」她對史賴皮尖叫道。瑪莉艾倫大步走向他，用兩個拳頭用力地推了他一把。

史賴皮吃了一驚，搖搖晃晃往後退。

他的手一滑放開了我，我一邊揉著脹痛的手腕一邊往後退去。

瑪莉艾倫掐著史賴皮的喉嚨憤恨地喊道：「我不是爲了她才讓你活過來的！我才是你的新娘！」

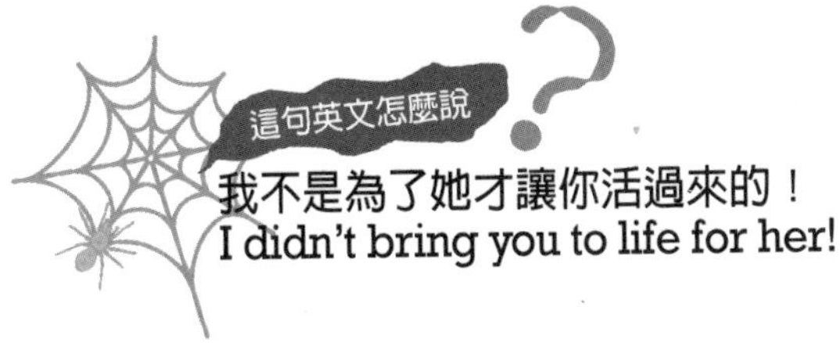

「啊——？」我長吁了一口氣，瞄了一眼那個凶狠的娃娃：「是妳讓史賴皮活過來的？」

娃娃點點頭。她用力地搖晃史賴皮咆哮道：「你這個瘦竹竿！如果你再不振作起來，我就讓你變成一堆木屑！」

我還沒從震驚中恢復過來的時候，凱蒂和阿曼達向我跑了過來。

「我們想要告訴妳的，吉莉安。」凱蒂抽泣著說，「但是瑪莉艾倫不讓我們說。她從爸爸帶她回家的第一天開始就跟我們說話，指揮我們做這個做那個的。她說，如果我們告訴任何人，她就要傷害我們。我們不知道該怎麼辦。我們很害怕。我們以前從來沒碰過活生生的娃娃！」

「所有的事都是瑪莉艾倫做的！」阿曼達大聲說，「她把妳的蜥蜴塞進史賴皮嘴裡。她打破了那些碗盤，還把義大利麵灑得到處都是。妳房間裡那些字也是她亂寫的。」

「她一直把那個木偶帶在身邊。」凱蒂接著說，「瑪莉艾倫要阿曼達和我把事情都賴在木偶身上，可是史賴皮在派對之前還沒有活過來！他之前不是活的！

全部都是瑪莉艾倫做的！」

「她想傷害妳，讓妳惹上麻煩。」阿曼達告訴我。

一個娃娃和一個木偶……兩個都是活生生的。兩個邪靈。我要昏過去了。

我轉向瑪莉艾倫：「爲什麼？妳爲什麼要對我做這些事？」

娃娃的嘴唇形成了憤怒的冷笑：「因爲妳說妳恨我。」她咆哮道：「因爲妳從來都不希望女孩們把我帶在身邊。妳打了我，吉莉安，妳把我扔掉，還把我的頭壓到義麵起司裡。」

瑪莉艾倫的眼中射出熊熊怒火，她尖叫道：「妳覺得我聽不見妳說的話嗎？我聽到妳說的關於我的每一句話，吉莉安。所以我用木偶來愚弄妳，報復妳。直到今晚，聚會之前我才讓史賴皮活過來。就在我們的婚禮派對上！」

凱蒂緊緊握著我的手抽泣著說：「阿曼達和我本來想跟妳說實話。可是瑪莉艾倫說她會傷害我們，她說我們必須永遠照顧她。」

「我們討厭她！可是她逼我們去哪裡都要帶著她。」阿曼達大聲說，她握住我的另一隻手。「她對我們眞的很壞！」

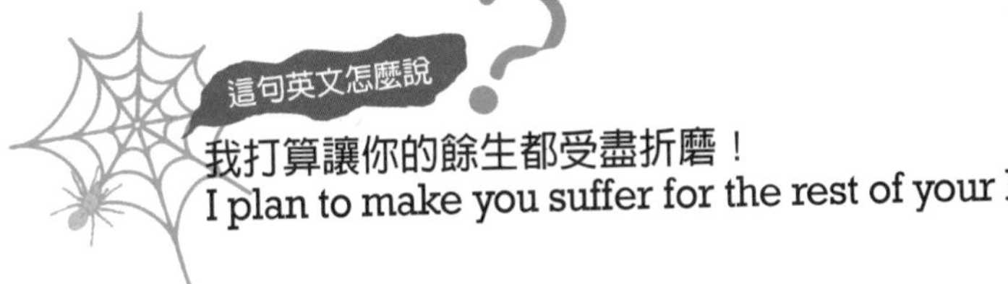

「廢話少說！」瑪莉艾倫尖叫道。她把史賴皮轉了一圈：「現在，史賴皮和我會一起統治，而妳吉莉安，妳將成爲我們的奴隸。我打算讓妳的餘生都受盡折磨！」

她轉向史賴皮：「對吧，親愛的？我說得對嗎？」

「不可能！」史賴皮喊道，「不可能！我跟妳沒什麼好說的，妳只是個洋娃娃。」

史賴皮把手伸向娃娃的頭部，然後用手做了一個手勢，就好像要關掉電燈開關一樣。

「晚安安。」他說。

瑪莉艾倫發出一聲震驚的哀號聲……然後便癱倒在地板上。

27.

史賴皮高舉雙手發出勝利的宣言：「我會統治他們，但不會是和像妳這樣的布娃娃一起！」

史賴皮因爲獲勝，一邊咧嘴大笑一邊旋轉著，他再次抓住我的手腕，命令道：「跟我來吧！」

「讓我走！放手！」我尖叫。

「絕不！」他喊道，「妳現在是我的新娘了，吉莉安。妳會去任何我叫妳去的地方。」木製的手緊夾住我的手腕。

「噢——！」我嚎啕大喊，「放手！放手！」

他把頭往後一仰，發出輕蔑的笑聲。

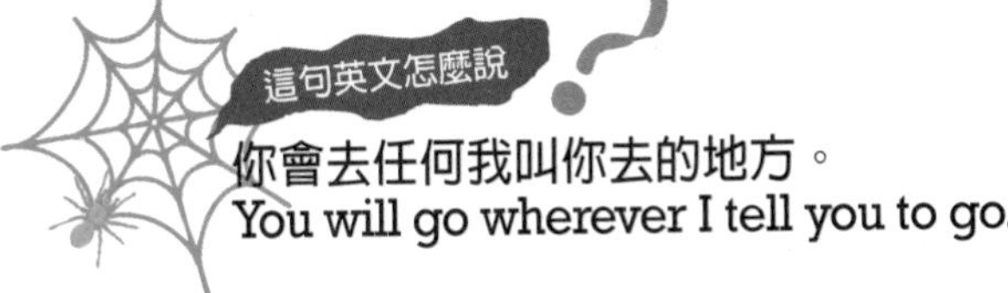

「哦……哦……」我呻吟道。

「妳有什麼毛病，吉莉安？」木偶質問道，隨即又把腦袋往後一仰，發出高亢的笑聲。

我整個人暈頭轉向，試圖壓下使我動彈不得的恐慌，努力掙脫箝制，但是史賴皮用力握緊我的手腕，直到我放聲尖叫。

「妳永遠逃不掉，我的新娘！」他尖叫道：「絕不可能！」

然後，出乎我意料的是，他放開了我。他沉甸甸的木手向空中舉起，震驚地喊叫。

我搖搖晃晃地往後退了幾步，揉了揉痠痛的手腕。

發生了什麼事？

當我低下目光，我看見瑪莉艾倫又復活了。她抓住史賴皮的腿將他拉離我，然後用力一扯，把他拉倒在地板上。

孩子們尖叫著哭了起來，凱蒂和阿曼達在牆邊簇擁成一團，我跌跌撞撞跑向哈里森。兩個木偶開始扭打起來。

他們在地板上摔跤，一次又一次在地上令人作嘔的綠色黏液裡翻來滾去。

等到他們站起來的時候，雙臂仍然緊箍著彼此，互相較勁著把對方撞到牆上，絆倒了驚恐的小朋友，撞倒了兩個木凳，還把生日蛋糕推倒在地上。

他們互相扭打、撕扯、拍打，發出咕嚕聲、呻吟聲，在綠色黏液上互相拉扯，一路打進爸爸的工作室。

我跌跌撞撞地跟在他們身後。

他們從工作台上滾下來，撞上爸爸弄了好久的咖啡桌。他們在桌上滾動，拋光過的木頭都沾上了綠色的黏液。

然後……接著……一切都發生得太快了。

我看見史賴皮突然伸出手，我看見他按了圓鋸的開關。

鋸子的轟鳴聲逼得我不得不用雙手捂住耳朵。

正當我的手還捂著耳朵震驚地盯著看時，只見史賴皮推著瑪莉艾倫……推著她……把她推向嗡嗡作響的圓鋸刀片。

鋸子發出嗚嗚的聲音，在震耳欲聾的刺耳聲中將大娃娃切成了兩半。

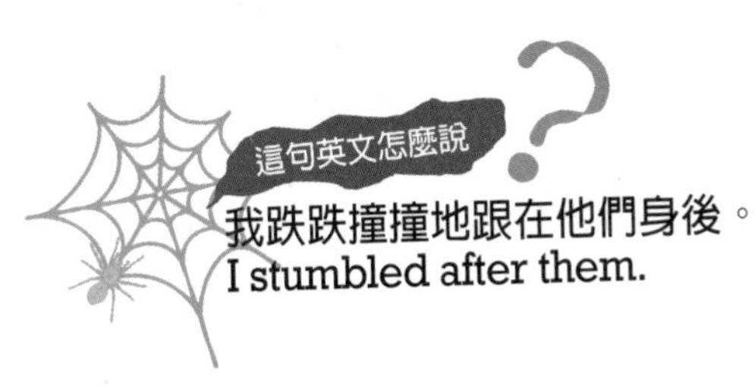

鋸刀很輕易地就鋸穿了她，她的下半部分——腿、裙子——掉落在大鋸子旁邊的地板上。

史賴皮頭往後一仰放聲大笑，那勝利的笑聲甚至蓋過電鋸的轟隆聲。

然後笑聲突然停止，他的笑容消失了。

木偶的眼睛因爲驚恐而瞪得大大的。

瑪莉艾倫的上半身緊緊抓著史賴皮。

她的雙手緊緊……緊緊地抓住他，然後把他拉向旋轉中的鋸刀！

刀片從史賴皮的腰部將他攔腰切成了兩半。

現在兩半都掉在了地上。

我盯著娃娃和木偶，他們都被切成了兩半。

兩人現在都毫無生氣，再次沒有了生命。

我試著平復我的呼吸，想讓心跳緩和下來，然後關掉了圓鋸。刀片安靜地旋轉著，慢慢停了下來。

我長長地鬆了一口氣，盯著死氣沉沉的娃娃、沒有生氣的木偶。他們一動也不動地靜靜躺著。

撐著顫抖的腿，我低頭看著史賴皮的上半身，彎下腰去確定他真的死透了。

突然，他的手抬了起來抓住我的腿。

28.

「噢——！」我發出恐懼的叫聲，接著摔倒在地。

史賴皮的手臂緊繃著，接著咚的一聲毫無生氣地跌回地板上。

他再也沒有動靜。

我深深吸進一口氣後憋著，閉上眼睛數到十，試圖讓自己冷靜下來。

我聽到身後的騷動，於是睜開眼睛轉過身去。

我看到哈里森跑下樓梯，好幾位家長跟在他身後，這才意識到哈里森剛剛是跑到隔壁去找他們。

小朋友們又叫又嚎。我抱住了凱蒂和阿曼達。

媽媽和爸爸在樓梯中途停了下來，媽媽喊道：「吉莉安，這麼吵吵鬧鬧的是

怎麼了？還有，這些亂七八糟的是怎麼回事？」

我回答說：「哦……這是一個很長的故事……」

「哈里森，你在做什麼呢？」我問道。

「我在讀日記。」他回答說。

那天晚上十點鐘，我終於感覺好多了。我的心跳恢復了正常，雙腿也不再顫抖。

我們花了一整天的時間向西姆金太太和其他家長道歉，然後全家都投入地下室的清理工作。

媽媽和爸爸要我給他們一個完整的解釋，但是我不確定怎樣才能解釋清楚。

現在，哈里森和我坐在書房的沙發上，凱蒂和阿曼達則趴在地上看電視。

哈里森正興致勃勃地埋頭仔細閱讀腹語師的那本日記。

「我真不敢相信，你竟然偷了那本舊日記。」我說。

他舉起一根手指抵在嘴唇上：「噓，這東西非常有趣。」

我哀號說：「你爲什麼還在讀那個東西？事情全部都結束了，我們沒有什麼好擔心的。」

「這我就不確定了。」哈里森輕聲回答道。

「你這是什麼意思？」我問道。

「妳聽聽日記是怎麼說的。」哈里森回答道，「上面說，即使木偶被摧毀，邪靈有可能並沒有死去。」

「啊？」我叫了起來：「上面這麼寫的？」

哈里森把日記捧得更近了讀著：「上面說，木偶的身體可能會被摧毀，但邪惡可能並沒有被殺死，它會轉移到另一個身體。」

我搖了搖頭：「嗯，這太荒謬了，史賴皮死了，死了，死了，死了。」

哈里森聳了聳肩：「日記說，邪惡會傳給那些親近木偶的人。」

我轉身看向凱蒂和阿曼達，說：「這太荒謬了，對吧，女孩們？」

她們從電視上收回視線，對著哈里森和我咧嘴一笑。

我瞇起眼睛研究她們，心裡不禁疑惑：「爲什麼她們臉上的笑容這麼奇怪？」

我盯著她們看了很久。

「哈里森。」我低聲說：「你猜怎麼著？我終於可以報仇了。」

我把頭往後仰，嘴巴張得大大的，接著轉向我的妹妹們，把綠色的黏稠物吐在她們身上。

我在練小提琴。
I'm practicing the violin.

瑪莉艾倫想去哪裡就去哪裡。
Mary-Ellen can go wherever she wants.

為什麼六歲的小孩一定要這麼煩人呢？
Why do six-year-olds have to be so annoying?

事情都被你搞砸了！
You ruined everything!

我其實不太能分得清楚他們誰是誰。
I still have trouble telling them apart.

我相信他會喜歡那個表演的。
I'm sure he'll enjoy the show.

我不要帶著她。
I'm not taking her.

我沒料到，這場表演會毀了我們的生活。
I didn't know this show would ruin our lives.

我認為腹語術表演很酷。
I think ventriloquists are cool.

我希望你們見見我的朋友史賴皮。
I want you to meet my friend Slappy.

想聽恭維的話？
Want to hear a compliment?

因為你基本上一文不值！
Because you're practically worthless!

這應該很有趣。
This should be interesting.

我想你們最好回到自己的座位上。
I think you'd better go back to your seats.

他一點都不有趣。

He isn't funny at all.

他們有話想和腹語師說

They want to talk to the ventriloquist.

你們最好不要躲著我！

You'd better not be hiding from me!

木偶把他的鼻子打得流血了！

The dummy had given him a bloody nose!

我真的以為你和他吵架了。

I really thought you were fighting with him.

我們坐在角落的包廂裡。

We sat in a booth in the corner.

一整天就這樣浪費掉了！

The whole day was wasted!

他可能有很多個木偶。

He probably has a lot of dummies.

我說過，他壞掉了。

I told you he was broken.

我要留著他。

I'm keeping him.

那個東西一定要跟我們坐在同一桌嗎？

Do we have to have that thing at the table?

是時候進行小小的報復了

Time for a little revenge.

所以你們騙倒我了，沒什麼大不了的。

So you fooled me. Big deal.

可惜，我應該聽聽他們想說什麼的。

Too bad I didn't listen to them.

史賴皮已經給我惹麻煩了。
Slappy is already causing me trouble.

提醒我，為什麼我要做這些事？
Remind me why I'm doing this?

趁還來得及之前，擺脫掉他！
Get rid of him —before it's too late!

我們要讓小朋友們刮目相看。
We want to impress the kids.

你把皮弟怎麼了？
What have you done with Petey?

你們這些小混蛋會為了這件事付出代價的！
You little brats are going to pay for this!

更糟的我都做得出來！
I'll do worse than that!

我們都看到史賴皮動了。
We all saw Slappy start to move.

我們不會想殺死一隻活的動物！
We wouldn't try to kill a live animal!

怎樣才是完美的復仇？
What would be the perfect revenge?

我永遠都不會原諒你的。
I'll never forgive you for this.

所有人都坐下來看小丑表演。
Everyone sit down for the clown show.

把刀扔掉！
Put that knife away!

你打算把它拍在我們臉上嗎？
Are you going to push it in our faces?

向她解釋為什麼我不能付錢給你。
To explain to her why I can't pay you.

我們讓史賴皮活起來吧！
Let's bring Slappy to life!

我再也不想扮成小丑了！
I never want to be a clown again!

我不希望哈里森獨自一個人去。
I didn't want Harrison to go by himself.

也許他在屋子後面還是哪裡。
Maybe he's in back or something.

也許他可以為我製作一個。
Maybe he can build one for me.

我們兩個人死死盯著飯廳裡的桌子。
We both stared at the dining room table.

這裡有關於史賴皮的事情。
There's all this stuff about Slappy in here.

我已經設法讓史賴皮沉睡了。
I have managed somehow to put Slappy to sleep.

哈里森把它塞進牛仔褲口袋裡。
Harrison shoved it into his jeans pocket.

我想我們最好還是離開這裡吧。
Guess we'd better get going.

我只是要把背包放下。
I just want to drop off my backpack.

等我們回家後再聽你說。
We'll talk to you when we get home.

他們說的是實話。
They were telling the truth.

是妹妹們讓你活過來的嗎？
Did my sisters bring you to life?

我一步跨三階地衝下樓。
I dove down the stairs, leaping three at a time.

可是他們絕對不會做得這麼過分。
But they would never go this far.

我停在自己的房間門口。
I stopped in the doorway to my room.

我們都被禁足了。
We've all been grounded.

你必須找到別的木偶。
You'll have to find another dummy.

我們想要表演開始。
We want the show to start.

我迫不及待地想要表演給孩子們看。
I couldn't wait to perform the act for the kids.

誰調換了木偶？
Who switched dummies?

提醒我，永遠不要跟你要三明治吃！
Remind me never to ask you for a sandwich!

他跳到地上。
He dropped to the floor.

離我遠一點！
Keep away from me!

我已經準備好接受我的新娘了！
I'm ready to claim my bride!

他朝我走近一步。
He took a step toward me.

我不是為了她才讓你活過來的！

I didn't bring you to life for her!

我打算讓你的餘生都受盡折磨！

I plan to make you suffer for the rest of your life!

你會去任何我叫你去的地方。

You will go wherever I tell you to go.

我跌跌撞撞地跟在他們身後。

I stumbled after them.

小朋友們又叫又嚎。

Kids were screaming and crying.

你為什麼還在讀那個東西？

Why are you still reading that thing?

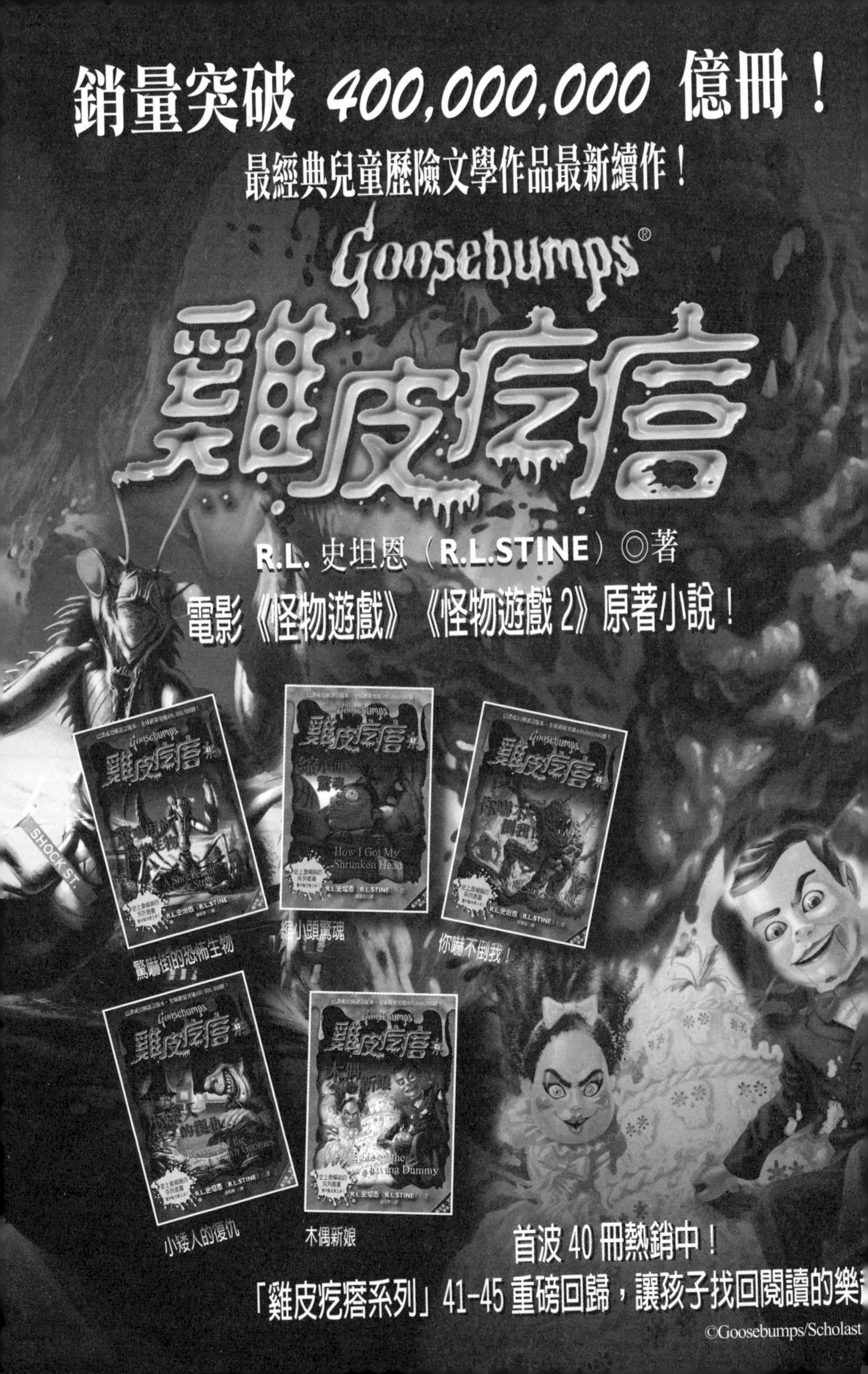

雞皮疙瘩系列 45

木偶新娘

原著書名── Bride of the Living Dummy
原出版社── Scholastic Inc.
作　　者── R.L. 史坦恩（R.L.STINE）
譯　　者── 向小宇
企劃選書── 何宜珍
責任編輯── 劉枚瑛

國家圖書館出版品預行編目 (CIP) 資料

木偶新娘 / R. L. 史坦恩 (R. L. Stine) 著 ; 向小宇 譯 .
-- 初版 . -- 臺北市 : 商周出版 : 家庭傳媒城邦分公司發行 ,
民 110.6 176 面 ; 14.8 x 21 公分 . -- (雞皮疙瘩系列 ;45)
譯自 : Bride of the Living Dummy
ISBN 978-986-5482-81-7(平裝)
874.596　　110004574

版　　權── 黃淑敏、吳亭儀、邱珮芸、劉鎔慈
行銷業務── 黃崇華、賴晏汝、周佑潔、張媖茜
總 編 輯── 何宜珍
總 經 理── 彭之琬
事業群總經理── 黃淑貞
發 行 人── 何飛鵬
法律顧問── 元禾法律事務所 王子文律師
出　　版── 商周出版
臺北市中山區民生東路二段 141 號 9 樓
電話：(02) 2500-7008 傳真：(02) 2500-7759
E-mail：bwp.service@cite.com.tw
Blog：http://bwp25007008.pixnet.net./blog
發　　行── 英屬蓋曼群島商家庭傳媒股份有限公司城邦分公司
台北市 104 中山區民生東路二段 141 號 2 樓
書虫客服專線：(02)2500-7718、(02) 2500-7719
服務時間：週一至週五上午 09:30-12:00；下午 13:30-17:00
24 小時傳真專線：(02) 2500-1990；(02) 2500-1991
劃撥帳號：19863813 戶名：書虫股份有限公司
讀者服務信箱：service@readingclub.com.tw
城邦讀書花園：www.cite.com.tw
香港發行所── 城邦（香港）出版集團有限公司
香港灣仔駱克道 193 號超商業中心 1 樓
電話：(852) 25086231 傳真：(852) 25789337
E-mailL：hkcite@biznetvigator.com
馬新發行所── 城邦（馬新）出版集團【Cit　(M) Sdn. Bhd】
41, Jalan Radin Anum, Bandar Baru Sri Petaling,
57000 Kuala Lumpur, Malaysia
電話：(603)90578822 傳真：(603)90576622
E-mail：cite@cite.com.my

美術設計── 王秀惠
印　　刷── 卡樂彩色製版有限公司
經 銷 商── 聯合發行股份有限公司
電話：(02)2917-8022 傳真：(02)2911-0053

■ 2021 年（民 110）6 月 8 日初版
■ 定價 / 250 元

ISBN 978-986-5482-81-7

Printed in Taiwan
城邦讀書花園
www.cite.com.tw

GB 2000 #2: BRIDE OF THE LIVING DUMMY

Goosebumps®

Goosebumps®